小説 すずめの戸締まり

新海 誠

角川文庫
23284

目次

一日目

夢で、いつも行く場所

私には、繰り返し見る夢がある。

見ている最中は、夢だとはたぶん気づいていない。そこでは私はまだ子供で、しかも迷子になっている。だから基本、悲しくて不安。でもお気に入りのシーツにくるまっているような、定番めいた安心感もその夢には漂っている。悲しいのに心地が好い。知らない場所なのに馴染みがある。居てはいけない場所なのに、いつまでも居たい。それでも子供の私にとっては悲しみの方が勝っているようで、込み上げる嗚咽を必死に飲み込んでいる。私の目尻には、乾いた涙が透明な砂になってこびりついている。

頭の上では、星がぎらぎらと光っている。誰かのミスで光量つまみを十倍に引き上げられてしまったみたいに、その星空はばかみたいに眩しい。あまりに眩しくて、一つひとつの光からキーンとした音が染み出ているみたいだ。私の耳のひだの中で、星の音と、乾いた風と、苦しそうな私の息づかいと、自分が草を踏む音が混じっている。そう、私はずっと、草の中を歩いているのだ。視界の果てには、世界をぐるりと縁取ったような山脈がある。その奥には白い壁みたいな雲があり、その上には黄色い太陽が載っている。満天の星と、白い雲と太陽が、同時にある。全部の時間が混じりあったような空の下を、私は歩き続けている。

家を見つけると、私は窓から中を覗き込む。どの家も深い緑に埋もれている。たいていは窓ガラスが割れていて、ちぎれたカーテンが小さな音を立てて風に揺れている。家の中にも雑草が茂っていて、食器とか電子ピアノとか教科書とかが、不思議な真新しさで草の間に散らばっている。おかあさん、と言おうとした声が、空気が抜けたみたいに掠れてしまう。

「おかあさん！」

喉に力を込めて、もう一度大きく叫ぶ。でもその声は、蔦に覆われた壁に何事もなかったかのように吸い込まれてしまう。

そうやっていくつの家を覗き、どれほどの草を踏み、何度母を呼んだことだろう。誰も答えず、誰にも会わず、一匹の動物も見なかった。おかあさんと叫ぶ私の声は、雑草に、崩れた家々に、積み重なった車に、屋根に載った漁船に、吸い込まれたまま戻ってこなかった。いくら歩いても、あるのはただ廃墟(はいきょ)だけだった。どうしようもない絶望と一緒に、涙がまた迫(せ)り上がってくる。

「おかあさん！　ねえ、おかあさん、どこーっ！」

ぐしゃぐしゃに泣きながら、私は歩く。吐く息が白い。湿った息はすぐに冷たくなって、私の耳の先をもっと冷やす。泥が詰まって黒く汚れた指先も、マジックテープの靴を履いた丸い足先も痛いほど冷たいのに、喉と心臓と目の奥だけが、そこだけの特別な病気のように不快に熱い。

　気づけば太陽は雲の下に沈み、あたりは透明なレモン色に包まれている。頭上では相変わらず、星々が乱暴に光っている。私は歩くことにも泣くことにも疲れ果て、草の中にうずくまっている。ダウンジャケットの丸めた背中から、風がちょっとずつ体温を盗み、代わりに無力感を吹き込んでくる。小さな体が、泥に置き換わるように重くなっていく。

——でも、これからだ。

離れたところから自分を観察しているような気分で、私はふと思う。

ここからが、この夢のハイライトだ。私の体は凍え、不安と寂しさの果てに心も麻痺（まひ）していく。もうどうでもいいやと、諦（あきら）めが全身に広がっていく。でも——。

さく、さく、さく、と、遠くから小さな音がする。

誰かが草原を歩いてくる。ちくちくと尖（とが）って固かったはずの雑草は、その人が踏むとまるで新緑の季節のような優しく柔らかな音を立てる。両膝（りょうひざ）に埋（うず）めた顔を、私は上げる。足音が近づいてくる。私はゆっくりと立ち上がり、振り返る。目の曇りを拭（ふ）き取るように、ぎゅっぎゅっと強くまばたきをする。揺れる草の向こうに、夕焼け色の薄紙に透かしたような人影が見える。ゆったりとした白いワンピースが風に丸く膨らみ、金色の光が長い髪を縁取っている。ほっそりと大人びたその人の口元には、夜明けの細い月みたいに薄くカーブした笑みがある。

「すずめ」

名を呼ばれる。そのとたん、耳から、指先から、鼻の頭から、その声の波が触れた先端からたちどころに、温かなお湯に浸ったような心地好さが全身に広がっていく。

さっきまで風に混じっていた雪片は、いつのまにかピンク色の花びらとなってあたりに舞っている。

そうだ。この人は。この人が。

ずっとずっと探していた——。


「おかあさん」

と呟いた時には、私はもう夢から覚めていた。

そういう景色のように、美しい人

あれは夢の、いつも行く場所。

今は朝で、自分の部屋。

布団の上で、私は秒で理解する。ちりんちりんと、窓辺の風鈴が小さく鳴っている。海の匂いのする風が、レースのカーテンをゆっくりと揺らしている。あ、湿ってる、と、枕につけた頬で思う。寂しさと喜びの混じった痺れが、指先と足先にうっすらと残っている。私はシーツにくるまったまま、その自堕落な甘やかさをもうちょっとだけ味わおうと目をつむる。と、

「鈴芽ーっ、起きたー？」

階下から、ちょっと苛ついたような大声が響いた。胸の中で溜息をつき、よっこらしょと体を回し、「起きたー」と大声を返す。さっきまであったはずの夢の余韻は、もうすっかり消え失せている。

＊　＊　＊

『九州全域は広く高気圧に覆われ、今日は爽やかな青空に恵まれるでしょう！』

テレビ宮崎のお天気お姉さんが、魔法少女のステッキみたいなカラフルな棒で九州をぐるりと囲みながら、にこやかに喋っている。

「いただきまーす」

私は手を合わせてから、厚切りの食パンにどさっとバターを乗せる。私、ちょっと好きだな、この人。バターをざりざりと伸ばしつつ、お天気お姉さんを眺める。雪国めいた肌の白さが、なんとなく北国の出身かなと思わせる。バリッ。パンをかじると、香ばしい音が立つ。美味しい。焦げ目の内側はしっとりと甘みがあって、それをバターの濃厚さが引き立てていて。うちの食卓の材料は、いつもちょっとだけ高価なのだ。本日の最高気温は二十八度、暑さはやや緩み、九月らしい過ごしやすい一日となりそうです。お天気お姉さんのイントネーションは完璧な標準語だ。

「あんた、今日はお弁当忘れんでね」

台所から、ちょっと責めるような口調で——私が勝手にそう感じるだけかもしれないけど——、環さんの宮崎弁が言う。「はーい」と深刻すぎない反省を口調に混ぜて私は返す。環さんが毎朝作ってくれるお弁当を、私は時々学校に持っていくのを忘れてしまうのだ。わざとじゃない。わざとじゃないけれど、お弁当を持たない日はほんのすこしだけ解放感がある。「仕方ない子ね」と、環さんはお弁当を詰めながら赤いグロスの唇を尖らせる。エプロンの下はすらりとしたベージュのパンツスーツで、マッシュショートの髪の艶も大きな瞳をぐるりと飾るメイクも、環さんには相変わらず隙がない。

「それから鈴芽、私、今夜ちょっと遅くなるわ。晩ごはん適当に済ませてくれん？」

「えっ！　環さんデート⁉」

ごくんっ、頬張った目玉焼きを私は慌てて飲み込む。

「いいよいいよー、ごゆっくり！　なんなら十二時過ぎちゃっても大丈夫だから！　たまには楽しんでおいでよ！」

「デートじゃなくて、残業！」と、私の期待に蓋（ふた）をするように環さんは言う。

「漁業体験の準備。そろそろ迫っちょるかい、いろいろ処理せんといかんとよ。はい、お弁当」

　Ｌサイズのランチボックスを、私は手渡される。それは今日もずっしりと重い。

　空はお姉さんの宣言通りの快晴で、何羽かのトンビがずっと高い場所を得意げに舞っている。私は海沿いの坂道を自転車で下っている。制服のスカートが、深呼吸をしているみたいにばたばたと膨らむ。空も海も嘘みたいに青く、土手の緑はどこまでも瑞々（みずみず）しく、水平線をなぞる雲は生まれたてのように白い。こんな場所を自転車で通学する制服姿の私は、けっこうＳＮＳ映えするんじゃないかなとふと思う。朝日に輝く古い港町を背景に、手前の坂道にはペダルを漕（こ）ぐ制服姿。そんな写真を思い浮かべる。

潮風になびく高めのポニーテイルと、ピンク色の自転車と、青を背景にした少女の華奢（きゃしゃ）な（たぶん）シルエット。まいったなこりゃ、だいぶいいね！がついちゃうな。……こちん、と、心の端っこがふいに硬くなる。ふーん。と、私の中の一部が呆（あき）れる。海を見ながらそんな気分なんて、ずいぶんお気楽だね、君。

　私は小さく息を吐く。ふいに色褪（いろあ）せてしまったように見える海の青から、目をはがして前を見る。と、

「！」

　誰かが、歩いて坂を登ってくる。町外れのこのあたりを歩いている人なんて極めて珍しいから、私はちょっと驚く。大人たちは百パーセント車移動だし、子供たちは大人の車に乗せてもらうし、私たち中高生は自転車か原付バイクだし。

――男の人だ、たぶん。すらりと背が高く、長い髪と白いロングシャツが風になびいている。私はかすかにブレーキを握り、自転車のスピードをすこし緩める。しだいに近づいてくる。見知らぬ青年――旅行者かな。山登りみたいなリュックを背負っている。日焼けしたジーンズに、大きな歩幅。すこしウェーブした長い髪が、海を眺める横顔を隠している。私はまたすこしだけ、ブレーキを握る手に力を込める。すると、ふいに海風が強くなる。青年の髪が風に躍り、その目元に光が当たる。私は息を呑（の）む。

「きれい……」

口が勝手に呟いていた。青年の肌は夏から切り離されたように白く、顔の輪郭は鋭くて優雅。長い睫毛(まつげ)が、すっと切り立った頬に柔らかな影を落としている。左目の下には、ここにあるべきなんだという完璧さで小さなほくろがある。そういうディティルが、どうしてか間近で見ているような解像度で私の目に飛び込んでくる。距離が縮まっていく。私はうつむく。私の自転車の車輪の音と、青年の足音が混じり合う。鼓動が高まっていく。五十センチの距離で、私たちはすれ違う。私は、私たちは——心が言う。ぜんぶの音がゆっくりになっていく。私たちは、以前、どこかで——。

「ねえ、君」

柔らかくて低い声。私は立ち止まり、振り返る。その間の一秒の風景が、やけに眩(まぶ)しい。目の前に、青年が立っている。まっすぐに私の目を見ている。

「このあたりに、廃墟(はいきょ)はない？」

「はいきょ？」

予想外の問いに、漢字が追いつかない。ハイキョ？

「扉を探してるんだ」

とびら？　廃墟にある扉ってこと？　自信のない声が出る。

「……人の住まなくなった集落だったら、あっちの山にありますけどぉ……」

青年はにっこりと微笑む。なんて言うか、周囲の空気ごと優しく染めるような、とても綺麗な微笑。

「ありがとう」

青年はくるりと背を向けて、私が指差した山に向かってすたすたと歩いて行く。さっぱりと、すこしも振り返ることなく。

「……は？」

間の抜けた声が、思わず口から出てしまう。ぴーひょろろーと、トンビが高く鳴いている。え、だって、なんかあっけなくない？

＊　＊　＊

頭のすぐ上で、カンカンカンと警報が鳴っている。踏切を待っている私の鼓動は、まだすこしだけ速い。あの人、なんだったんだろう――交互に点滅する赤を眺めながら、私は考えている。芸能人とかモデルとかって、実際に会うとあんな感じなんだろうか。ちょっと非日常的に美しくて、目撃後もしばらく興奮が残るような。……いや、違う。たぶんぜんぜん違う。あの人は、たとえば――。
　街灯に照らされた雪景色とか。てっぺんだけ朝日を浴びている山頂とか。手の届かない高さで風にほどかれていく、まっ白な雲とか。イケメンっていうよりは、そういう景色みたいに綺麗な人だった。そして私は、その景色をずっと昔に見たことがあるような気がするのだ。そうだ、夢で行く草原の、あの奇妙な懐かしさのような――。

「すーずめ！」

　とん、と後ろから肩を叩かれた。

「おはよ！」

「あ、絢。おはよう」

　走ってきたのか、ボブの黒髪と息を弾ませた絢が隣に立つ。二両編成の短い列車が目の前を通過し、遮断機のバーとスカートを風で揺らす。他にも登校中の生徒たちの雑談が周囲に満ちていることに、今さらに気づく。昨日の配信観たー？　とか、寝不足でやべっちゃわとか、皆楽しげに話している。

「あれ？　鈴芽あんた、なんかちょっと顔赤くね？」

「えっ、うそ！　赤い⁉」

　思わず両手で自分の頰を挟む。え、熱い。

「赤けーね。どんげしたん？」

眼鏡ごしの不審そうな瞳が、私の顔を覗き込む。どう答えようかと迷っていると、時間切れみたいに唐突に警報が止まり、遮断機のバーが上がっていく。踏切に溜まっていた皆が、一斉に歩き出す。

「……どんげしたと？」

ひとり立ち止まったままの私を振り返り、今度はちょっと心配そうに絢が言う。――景色みたいな人。あのデジャヴ。私は自転車の前輪を持ち上げる。

「ごめん、忘れ物思い出した！」

方向転換して自転車にまたがり、来た方向に漕ぎ出す。え、ちょっとちょっと鈴芽、遅刻するが！　背中の声が遠ざかっていく。朝日の圧力で背中を汗ばませながら、私は立ち漕ぎで山に向かう。すれ違う軽トラのおじさんに、高校とは反対方向に急ぐ制服姿をじろじろと凝視される。私は県道のアスファルトを逸れ、古いコンクリートで固められた山道に入る。とたんに、海の音が蟬の声に塗り替わる。自転車を雑草の中で停め、「立ち入り禁止」のバリケードをまたぐ。ほとんど獣道のような薄暗い細道を、私は早足で登っていく。

……あれ、一限目の授業にはもう間に合わないじゃん。山を登り切り、眼下に古い温泉郷が見えたところで、私は息を吐きながらようやくそう思った。

うっすらと、硫黄の匂いが漂っている。昭和の終わりから平成の初めにかけて、このあたりは大きなリゾート施設だったそうだ。今からじゃ想像もつかないくらい景気も良くて人も多かった時代に、日本中から家族や恋人や友達グループなんかがこんな山奥までやってきて、温泉に入ったりボウリングをしたり馬に人参をあげたりインベーダーゲームに興じたり（知らないけど）していたのだ。ちょっと信じられない。それでも草に埋もれた集落のあちこちに、その賑やかさの余韻は残っている。錆びた自販機や破れた赤提灯、日灼けした温泉パイプや蔦の絡まった看板、山積みになった空き缶や妙に真新しい一斗缶、そういう種類の植物のように頭上で渦を巻いているおびただしい電線。私の住んでいる集落はおろか、高校のある町の中心部と比べても、この廃墟の方がずっと物に溢れている。

「あのー、すみませんー！」

それなのに、人の姿だけがない。いつしかお湯が涸れ、お金が涸れ、人が涸れてしまったのだ。夏の陽射しが廃墟をアトラクション的にポップに照らしてくれてはいるけれど、さすがにちょっと不気味だ。私は草でひび割れた石畳を歩きながら、必要以上に大声をあげる。

「いますかー、イケメンの人ぉーっ！」

だって、他に呼びようがない。私は小さな石橋を渡り、かつてこのリゾートの中心施設だったらしい廃ホテルへと向かう。円形のコンクリート建築で、周囲の廃屋に比べてひときわ大きく目立っている。

「おじゃましまーす……」

広々としたホテルのロビーに、私は足を踏み入れる。瓦礫が散乱した床には幾つものソファーが並び、窓にはちぎれた巨大なカーテンがずらりと垂れ下がっている。

「こんにちはー！　ねえ、いますかーっ？」

あたりを見回しながら、薄暗い廊下を歩く。暑い日のはずなのに、実はさっきから背中にぞくぞくと悪寒がある。廃墟なめてたかも。私はなおさらに大声を張り上げる。

「あの、わたしーっ！　あなたとーっ、どこかで会ったことがあるような気がーっ！」

口に出してみて、なんだかな、とふと思った。だって、これじゃナンパの常套句だ。

……帰ろっかな。なんだか急にばからしくなる。今さらに恥ずかしくなる。あの青年に会えたとして、私はどうするつもりだったのだろう。もし逆の立場だったら、もし道を尋ねただけの相手がどこまでも私の跡を追いかけてきたとしたら、それはちょっと、だいぶ怖い。ていうかこの場所がそろそろ本気で怖い。

「かーえろ！」

　ことさらに明るく大きな声で、私はくるりと方向転換する。——と、目の端にちらりと映ったものが、私の足を止めた。

「……扉？」

　廊下から出ると、そこはホテルの中庭だった。すっかり天井の落ちたすかすかの鉄骨ドームの下に、百メートル走が出来そうなくらいの広さの円形の空間があり、地面には透明な水が薄く溜(た)まっている。その水溜まりの中央に、白いドアがぽつんと立っていた。他にもレンガとかパラソルの残骸(ざんがい)とかが散らばっている中で、そのドアだけは誰かから特別に許されたみたいに、あるいは崩れることを禁止されてしまったかのように、孤独にくっきりと立っていた。

「あの人、扉って言ってたよね……」

　なんだか言い訳のように私は口に出し、ドアに向かう。中庭へと降りる低い石段の途中で、足が止まる。雨水なのか、それともどこかからまだ水が来ているのか、タイル敷きの床に溜まった水には十五センチほどの深さがある。ローファーを濡(ぬ)らしていいのかな——と思った次の瞬間には、私は水の中を歩いていた。靴に水が入る感触にふいに懐かしみを感じ、予想していなかった水の冷たさに驚き、でも歩きながらすぐに、私はそういう全部を忘れた。すぐ目の前に、白い扉が立っている。古い木のドアだ。蔦が絡まり、所々ペンキがはげて茶色い木目が露出している。そのドアがほんのすこしだけ開いていることに、私は気づく。一センチほどのその隙間が、奇妙に暗い。どうして。こんなに青空なのに、どうして隙間がこんなに暗いのだろう。私は気になって仕方がない。耳のひだに、風の音がかすかに吹き込んでくる。真鍮(しんちゅう)色の丸いドアノブに、私は手を伸ばす。指先でそっと触れる。そっと触れただけなのに、きい、と音を立て、ドアが開く。

「――っ!」

声にならない息が漏れた。

ドアの中には、夜があった。

満天の星が、嘘みたいな眩(まぶ)しさでぎらぎらと光っている。地表にはさんざめく草原が、どこまでも続いている。頭がおかしくなっちゃったのかもという恐怖と、夢を見ているのかという混乱と、知っていたはずだよねという合点(がてん)が、濁流みたいに渦を巻く。私は左足を水から持ち上げて、草原に一歩踏み込もうとする。ローファーの底が草を踏む、その感触が頭に浮かぶ——と、ぱしゃん、靴はまた水を踏んだ。

「えっ⁉」

そこは真昼の中庭だ。星空の草原じゃない。

「ええっ⁉」

慌てて周囲を見渡す。変わらぬホテルの廃墟だ。ドアを振り返る。ドアの中には、そこだけ夏から切り離されてしまったかのように、ぽっかりと夜がある。

「なんで……」

考えようとしたのに、体が駆け出していた。ドアが迫る。星空が迫る。ドアをくぐる——と、そこは廃墟である。慌てて振り返る。ドアの中の星空に、もう一度駆け込む。それでもやっぱり、そこは廃墟。草原には入れない。入れてもらえない。後ずさる。と、靴が硬い何かにあたり、コオォォォン……と澄んだ鐘のような音が響いた。

驚いて足元を見る。……お地蔵さま？　小さな石像が、水面から頭を出している。稲荷像みたいに大きな耳のついた逆三角形の顔に、糸状に細めた目が彫られている。私はじっと見つめる。そうせずにはいられない。まるで話しかけられているように、ざわざわとした風の音が耳で巻いている。両手を石像に触れる。そのまま持ち上げると、引き抜くような感触があり、ボコ、と水中に大きな泡が昇った。両手に持った石像を見下ろす。短い杖のような形に底が尖っている。地面に刺さっていたってこと？

「冷たい……」

凍っているのだ。薄い氷の膜が私の体温に追い立てられるように溶けていき、雫となってぽたぽたと落ちる。なぜ。どうして夏の廃墟に、氷があるのか。私は扉を振り返る。

ドクン！

ドアの中には確かに、星空の草原がある。確かにあるように、私の目には見える。

突然、石像に体温を感じた。見ると、両手は毛に覆われた柔らかな生き物を摑んでいる。

「きゃあっ！」

両手から全身に鳥肌が走り、私はとっさにそれを放り投げた。ぼちゃん！　と離れた場所に水柱が上がる。と、それはバシャバシャバシャ！　と激しく飛沫を上げて、水中を素早く走り出した。小さな四つ足動物のような挙動で、中庭の端の方に去って行く。

「ええええ⁉」

え、だってだって、石像だったよあれ！

「うわあああ……怖っ！」

私は堪らずに、全力で駆け出した。嘘だよね夢だよねそれともこういうことってわりと頻繁に起きてるのかな皆実は体験していて言わないだけなのかなうんきっとそうだよねそうに違いない！　一秒でも早く教室に行き、この出来事を友達と笑い飛ばさなければ。それだけを考えながら、私は来た道をひた走った。

私たちにしか見えないもの

昼休みに入ったことを告げるチャイムが、きんこんかんと鳴っている。おう岩戸(いわと)、今来たと？　あれ鈴芽、なんや顔色悪いっちゃない？　何人かの言葉に曖昧(あいまい)な笑みを返しながら、私は自分の教室に入る。

「……やっと来た」

窓際の席でお弁当をつつきながら呆(あき)れ顔の絢が言い、

「重役出勤やねえ、鈴芽ぇ」

その隣で、半笑いのマミが卵焼きを口に入れる。

「あー……まあ、うん」

私は笑顔を作りながら、二人と向かい合わせに腰を下ろす。お昼時のざわめきと窓からのウミネコの鳴き声が、思い出したように耳に届き始める。私はなかば自動的にリュックからお弁当箱を取り出し、蓋を開ける。

「きゃー、出たわー、おばさん弁当！」

二人が面白そうに声を上げる。おにぎりが、海苔や桜でんぶで飾られて雀のキャラ顔になっている。錦糸卵がアフロヘアになっている。グリーンピースが鼻になっている。ソーセージがピンクの頬となっている。卵焼きにもウィンナーにも海老フライにも、にっこり笑う目と口がある。今日も愛が深えねえ。これ作るのにおばさんどんだけ時間かかっちょっと？　えへへ、と私はとりあえず笑い声を返してから、顔を上げて二人を見る。あまり上手く笑えない。

「あのさあ……上之浦の方に廃墟あるでしょ？　古い温泉街」

と、私は二人に訊いてみる。

「え、そうなん？　絢、知っちょる？」

「ああ、あるみたいやね、バブルの頃のリゾート施設。あっちの山ん中」

絢の指差す先を、私たちは揃って見上げる。風に揺れる日灼けしたカーテンの向こうには、昼下がりの穏やかな港町。小さな湾を囲む岬があり、その上に低い山がある。さっきまで私がいた場所だ。

「それがどうかしたと？」

「ドアが……」と口にした瞬間、あれほど笑い飛ばしたいと願っていた感情がすっかりしぼんでいることに私は気づく。あれは夢じゃない。でも、友達とシェアできるようなことでもない。あれはもっと個人的な——。

「やっぱいいや」

「なによ！　最後まで言いないよ！」

二人の声がぴったりと揃う。それが可笑しくて、ようやく自然に笑みが出た。同時に、あれ、と私は気づく。二人の顔の向こう、あの山から、細い煙が立っている。

「ねえ、あそこ、火事かな？」

「え、どこ？」

「ほら、あの山のとこ」

「え、どこお？」

「ほら！　煙が上がってる！」

「ええ、だからどこねぇ？」

「……え？」

伸ばした指先から、力が抜ける。「あんた分かる？」「分からん。どっかで野焼きしとるとか？」眉根(まゆね)を寄せて言い合う二人を見て、それからもう一度山を見る。赤黒くゆらめく煙が、山の中腹から昇っている。青空を背にこんなにもくっきりと、その煙は見えている。

「わっ！」

突然、スカートのポケットの中でスマホが音を立てた。同じ音が周囲からも一斉に湧き立つ。大音量で繰り返される恐ろしげな不協和音、地震警報のブザー音だ。教室中に小さな悲鳴が上がる。

「え、地震やって！」「ええっ、まじ、揺れとる⁉」

私も慌ててスマホを見る。緊急地震速報の警告画面に『頭を守るなど揺れに備えてください』の文字。周囲を見回す。天井から吊(つる)された蛍光灯が、ゆっくりと揺れ始める。教卓からチョークが落ちる。

「わ、ちょっと揺れとる！」「揺れとる揺れとる」「これヤバイやつ？」

皆が揺れの大きさを見定めようと、動きを止め息を呑(の)んでいる。蛍光灯の揺れ幅が大きくなり、窓枠がかすかに軋む。足元がすこし動いている。でも、それは徐々に収まっていくように思える。地震警報のブザー音も消え始め、やがてどのスマホも静かになる。

「……止まった？」

「止まった止まった。なんだ、たいしたことなかったな」

「ちょっとびびったわあ」

「最近ちょっと多いね、地震」「もう慣れたわ」「防災意識が低いね」「まこつ通知が大袈裟すぎるとよ」

ほっとしたざわめきと弛んでいく教室の緊張が、でも私には遠い。私の背中にはびっしりと、さっきから玉の汗が浮き続けている。ねえ、と出してみた声が掠れる。

「ん？」

絢たちが私を見る。きっとまた同じなのだと頭のどこかで理解しながらも、私は二人に言わずにはいられない。「あそこ、見て——」

山肌から、巨大な尾のような物が生えている。さっきまで煙に見えていたそれは、今では更に太く高く、半透明な大蛇のようにも、束ねて縒ったボロ切れのようにも、竜巻に巻き上げられた赤い水流のようにも見える。ゆったりと渦を巻きながら、空に昇っていく。あれは絶対に善くないものだと、全身の悪寒が叫んでいる。

「なあ鈴芽、さっきからなんの話?」

上半身を窓から乗りだして山を見ていたマミが、怪訝そうに言う。絢が心配げな声で訊く。

「あんた、今日大丈夫? ちょっと体調悪いと?」

「……見えないの?」

確認するように私は呟く。不安そうな顔で、二人が私の顔を覗き込んでいる。見えないんだ。私にしか。大粒の汗が、不快な感触で頬に筋を引く。

「ちょっと、鈴芽!」

返事をする余裕もなく教室を飛び出し、私は走った。階段を転がるように降り、校舎を駆け出て自転車に鍵を挿す。ペダルを思いきり踏む。山に向かって海沿いの坂を登る。視線の先の山肌からは、赤黒い尾がやっぱりくっきりと伸びている。空に太い線を引くように伸びていくそれの周囲には、野鳥やカラスが群がってギャアギャアと鳴き声を上げている。でもすれ違う車の運転手たちも、堤防の釣り人たちも、誰も空を見ていない。町も人も、いつも通りのんびりとした夏の午後の中にいる。

「なんで誰も――! なんなのよあれっ!」

確かめなくては。だってあれは。もしかしてあれは。蹴り飛ばすように自転車から降りて、私はさっきの山道を再び走る。走りながら空を見る。今ではその尾は、空を流れる大河のようになっている。粘り気のある濁流のような太い体から、何本かの筋が支流のように周囲に伸びていく。溶岩流を思わせる赤い光が、時折ちらちらと内部を流れている。何かが引きずり出されるみたいな低い地鳴りが、足元からずっと響いている。

「まさか――」

私は口に出しながら、廃墟の温泉街に駆け込む。走り続けて肺が焼けそうなのに、足は無理矢理引っぱられているみたいにもっともっと速くなる。石橋を渡り、廃ホテルのロビーを抜け、中庭へと続く廊下を駆ける。

「まさか、まさか、まさか――」

あたりに奇妙な匂いが漂っていることにふと気づく。妙に甘くて、焦げ臭くて、潮の匂いが混じっていて、ずっと昔に嗅いだことがあるような――。行く手から窓が近づいてくる。視界が開け、中庭が見える。

「ああっ！」

やっぱり――と、理由の分からないままに私は思う。あのドアだ。私の開けたあの扉から、それが出ている。まるで小さすぎる出口に不満を爆発させているかのように、赤黒い濁流が激しく身をくねらせながら扉から噴き出ている。

廊下を駆け抜け、私はようやく中庭に辿(たど)りつく。まっすぐ五十メートルほど先に、濁流を吐き出す白い扉が立っている。

「ええっ⁉」

目を瞠(みは)った。うねる濁流の陰で、誰かが扉を押している。ドアを閉めようとしている。長い髪。大きな体格。空を切り取るように美しい顔のライン。

「あの人！」

今朝すれ違ったあの青年が、必死の表情で扉を閉めている。そのたくましい両腕が、徐々に扉を押し戻していく。噴出が細くなっていく。濁流が堰(せ)き止められていく。

「何してる⁉」

「え⁉」

私の姿に気づいた彼が、怒鳴った。

「ここから離れろ！」

その瞬間、濁流が爆発するように勢いを増した。ドアが弾(はじ)けるように開ききり、青年の体を吹き飛ばす。青年はレンガの壁に激突し、砕けた破片と一緒に水の中に倒れ込んでしまう。

「えぇっ！」

私は慌てて石段を飛び降りて、浅く水の溜まった中庭を走って彼に駆け寄る。背中を水に浸した格好で、青年はぐったりと倒れている。

「大丈夫ですか⁉」

かがみ込んで顔を寄せる。うう──と青年が息を漏らし、自力で上半身を起こそうとする。肩に手を回して助けようとしたところで、私は気づく。

「……！」

水面が光っている──と思った直後、金色に光る糸のようなものが音もなく水面から浮き上がり、まるで見えない指につままれたように、すーっと空に伸びていく。

「これは──」

青年が呟く。中庭の水面のあちこちから、金色の糸が空に昇っていく。その先を見上げると、扉から噴き出した濁流が枝分かれしてぐるりと空を覆っている。まるで扉から一本の茎が伸び、その先端で巨大な赤銅色の花が一輪咲いたかのようだ。金色の糸は、その花に逆さに降りそそぐシャワーのように見える。そしてゆっくりと、その花が倒れ始める。

「まずい……！」

絶望から絞り出されたような青年の声を聞きながら、私は想像する。想像することが出来てしまう。午後の気怠い教室、その窓の外には、ゆっくりと地上に倒れてくる巨大な花がある。しかしその異形は誰にも見えず、異臭も届かず、世界の裏側から迫る異変には誰も気づかない。漁船の漁師たちにも、釣りをする老人たちにも、町を歩く子供たちにも気づかれぬまま、その花は加速しながら地表に近づいていく。内側に溜めこんだその膨大な重さごと、花はついに地上に衝突し――。

スカートの中のスマホがけたたましく鳴り出したのと、足元が激しく揺れ出したのはほぼ同時だった。口からは、悲鳴が飛び出ていた。

『地震です。地震です。地震です――』

地震警報の無機質な合成音声と、激しい揺れと廃墟の軋みに、私は叫び、耳を塞ぎ、その場にしゃがみ込んでしまう。それは激しい地震だった。とても立ち上がれないほどの、激しく大きな地震だった。

「危ない！」

青年の体が私を押し倒す。私の顔半分が水に浸かる。直後にガキン！という重い衝撃音がして、眼前の水面に赤色が散った。血!? 押し殺した青年のうめき声が、頭上で一瞬漏れる。青年は即座に身を起こす。一瞬だけ私を見て、「ここから離れろ!」と叫び、扉に向かって駆け出す。見ると、ドームの鉄骨があちこちで崩れ、落下し、水飛沫(みずしぶき)を上げている。

うおぉぉ――と聞こえる雄叫(おたけ)びとともに、青年は体ごと扉にぶつかった。ドアを押し、濁流を押し戻そうとする。私は呆然(ぼうぜん)とその背中を見つめる。と、青年のシャツの左腕が赤く染まっていくことに私は気づく。痛みに耐えかねるように、青年は右手で傷口を押さえる。右肩だけでドアを押す格好になる。しかし濁流の勢いに、青年は扉ごと押し返されていく。

怪我をしたんだ、私を鉄骨からかばって――。

ようやく私は気づく。『地震です』と警報は叫び続けている。地面は激しく揺れ続けている。さっきから私の右手は制服のリボンをぎゅっと握っていて、もう指先に感覚がない。青年の左腕はもはやだらりと体の横に垂れ、それでも彼は背中で必死に扉を押している。この人は――ふいに泣きそうな気持ちになって、私は思う。訳もわからずにそう思う。この人は、誰にも知られず、誰にも見られぬままに、誰かがやらなければならない大切なことを――。私の頭の中で、何かが動き始めている。彼の姿が、私の中の何かを変えていく。地震は続いている。こわばった右手を、私は開こうとする。握りしめているものを、私は離そうとする。

水を蹴って、走り出した。

彼の背中が近づく。私は走りながら両手を前に突き出し、そのまま全力で扉にぶつかった。

「君は——！」青年が驚いた目で私を見る。「なぜ⁉」

「閉じなきゃいけないんでしょ、ここ！」

そう叫んで、私は彼と並んで扉を押す。たまらなく不吉な感触が、薄い板越しに伝わってくる。その不快さを押し潰すように、力を振り絞る。青年の力も増していくのを、私は手のひらで感じる。扉はギシギシと音を立てながら、徐々に閉まっていく。

——歌？ 私はふと気づく。青年が扉を押しながら、小さく何かを呟いている。思わず青年を見上げる。神社で聞く祝詞のようにも、古い節回しの歌のようにも聞こえる不思議な言葉を、青年は目をつむって一心に唱えている。やがてその声に、なにか別のものが混じり始める。

「え……なに⁉」

聞こえてきたのは人の声——はしゃいだような子供の笑い声と、何人もの大人たちのざわめきだ。パパ早く、こっちこっち！ 久しぶりだなあ、温泉なんて——楽しそうな家族の会話が、まるで直接頭に差し込まれるように、私の内側に響く。

『俺、お祖父ちゃん呼んでくる！』

『お母さん、もう一回お風呂行こうよー』

『あらあら、お父さんったらまだ飲むの？』

『来年もまた来ようね、家族旅行』

その遠い声は、色褪せた映像のようなものを私に連れてくる。活気のある往来。大勢の賑やかな若者たち。明るい未来をまっすぐに信じていた頃の、私が産まれる前のこの場所の姿——。

バタン！　大きな音を立て、遂に扉が閉まった。

「閉じた！」

思わず私は叫ぶ。青年は間髪を容れずに振りかぶり、鍵のようなものを扉に突き立てた。何もないはずの板の表面に一瞬だけ鍵穴が浮かび上がったように、私には見えた。

「お返し申す——っ！」

そう叫びながら青年が鍵を回す。と、巨大な泡が割れるような音を立て、濁流が弾け散った。一瞬で夜が明けたような感覚に目眩を覚える。虹色に輝く雨が降りそそぎ、それは水面をざーっと叩き、あっという間に風に流されて消えていく。

気づけば、遠い声たちは消えていた。

空は抜けるような青に戻り、地震は止まっていた。

扉はさっきまでの出来事が嘘のように、無言のままに立っていた。

これが、私の初めての戸締まりだった。

＊　＊　＊

私はあまりにも強く扉を押していたから、そこから手を離すのに引き剝(は)がすような力が必要だった。両足にうまく力が入らない。浅い水面はもうすっかり凪(な)いでいる。周囲には山鳥の鳴き声が満ちている。青年は私から二歩ほど離れた場所で、閉じた扉をじっと見つめている。

「あ、あの……今のって」

「──要石(かなめいし)が封じていたはずだったのに」

「え？」

青年はようやく扉から視線を外し、私をまっすぐに見た。

「……君はなぜこの場所に来た？　なぜミミズが見えた？　要石はどこにいった？」

「え、ええと……」

強い口調だった。しどろもどろに、私は口を動かす。

「ミミズ？　ええと、カナメイシって、石？　え、ええ？」

睨みつけるような目。え、なんか責められてる？　なんで？

「なんのことよ!?」

ふいに腹が立ち、喰ってかかるように私は言った。青年が一瞬驚いたようにまばたきをして、それから呆れたように溜息をついた。片目にかかった長い髪をぞんざいにかき上げるその仕草がちょっとした奇跡みたいに格好良くて、なおさらに腹が立ってくる。そんな私にはもう一瞥もくれず、彼は再びドアを見た。

「……この場所は後ろ戸になってしまっていた。後ろ戸からは、ミミズが出てくる」

またしても謎単語をぼそりと言い、出口に向かって歩き出す。

「手伝ってくれたことには礼を言う。だがここで見たことは忘れて、家に帰れ」

大股で遠ざかっていく青年の左腕に、赤黒い血の染みが広がっていることに私は気づく。

「あ……」それは私をかばって出来た傷なのだ。「待って！」と、私は叫んでいた。

＊　＊　＊

昼間のこの時間なら、環さんは絶対に家にいない。その確信があるから、家の鍵を開けた。

「二階に行ってて下さい。救急箱取ってきますから」

玄関のたたきに立ったままの彼にそう言って、私はリビングに向かう。

「いや、気持ちは有り難いけど、俺はもう――」

「そんなに病院が嫌ならせめて応急処置！」

さっきから頑なに手当てを嫌がる彼に、私はぴしゃりと言う。医者が嫌なんて子供のわがままか。見慣れた我が家の玄関が、彼が立っているとやけに小さいものに見える。やれやれという雰囲気で彼が階段を昇っていく足音を、私は背中で聞いた。

町の上空には、珍しく報道のヘリコプターが飛んでいた。そのくらい大きな地震だったのだ。廃墟から家に戻る道すがら、あちこちで石塀が崩れ、屋根瓦が落ちていた。いつもならしんと静まりかえった集落なのに今日はまるでお祭りのように人々が往来に溢れていて、倒れたものを片付けたり無事で良かったわあと話し込んだりしていた。

私の家のリビングにも、物が散乱していた。本棚にあった本が床一面に散らばり、壁の銅版画が落ち、観葉植物のトネリコは鉢ごと倒れてフローリングに土がこぼれていた。壁の一面に設えられた環さんの思い出写真コーナーでも、フォトフレームがいくつか壁から落ちていた。小学校入学式での、なんだか泣き出しそうな表情をした自分の写真をちらりと見やりつつ（隣では十年分若い環さんが頬をゆるませている）、私は収納を開けて救急箱を探した。

私の部屋もさぞ散らかっているだろうなと覚悟して二階に上がったら、こちらは逆に妙にこざっぱりとしていて驚いた。私が救急箱を探している間に青年が片付けてくれたらしく、当の彼は片付いた部屋の真ん中に座ったまま、よほど疲れたのか眠り込んでいた。よく見ると、部屋の隅にあったはずの私の子供椅子に腰掛けている。黄色いペンキで塗られた、木造りの古い小さな椅子だ。片付けられた部屋といい幼い椅子といい思いがけず恥部を見られてしまったような気まずさに、私は大声で「さあまず傷口を洗わないと！」と言って彼を起こしたのだった。

『――先ほど十三時二十分頃、宮崎県南部を震源とする最大震度六弱の地震が発生しました。この地震による津波の心配はありません。また現在のところ、怪我人等の人的被害の情報は入っておりません』

　そこまで聞いてから、青年はスマホの画面をタップしてニュースを閉じた。彼の裂傷は血の印象ほどには酷くはないようだったけれど、念のため水で丁寧に洗った後に滅菌シートを貼った。私は椅子に座った青年の横に膝立ちになり、彼の左腕を取って包帯を巻き始める。太く引きしまった腕だった。ロングシャツの胸には、扉に鍵をかけたあの不思議な鍵が下げられていた。枯れ草色の金属製で、何やら凝った装飾が施されている。開け放した窓からそよ風が吹き込み、窓辺の風鈴を小さく鳴らした。

「慣れてるんだな」

　包帯を扱う私の手元を見て彼が言う。

「お母さんが看護師だったから——ていうか、訊きたいことがたくさんあるんですけど！」

「だろうな」と、整った形の唇が微かに笑う。

「ええと……ミミズ、って言いましたよね？　あれって」

「ミミズは日本列島の下をうごめく巨大な力だ。目的も意志もなく、歪みが溜まれば噴き出し、ただ暴れ、土地を揺るがす」

「え……？」ぜんぜん頭に入ってこない。いやでもとにかく、「やっつけたんですよね？」と私は訊く。

「一時的に閉じ込めただけだ。要石で封印しなければ、ミミズはどこからかまた出てくる」

「え……また地震が起きるってことですか？　要石って、さっきも言ってましたよね？　それって――」

「大丈夫」優しく蓋（ふた）をするように彼が言う。「それを防ぐのが、俺の仕事だ」

「仕事？」

包帯が巻き終わる。サージカルテープを貼って処置を終える。でも、疑問は逆に増えている。

「ねえ」私は声を硬くする。「あなたって、いったい――」

「ありがとう、手間をかけたな」

青年は柔らかくそう言って、居住まいを正してまっすぐに私の目を見、頭を深く下げた。

「俺の名前は草太（そうた）。宗像（むなかた）草太です」

「え！　あ！　ええと、私の名前は、岩戸鈴芽です」

急な名乗りに驚いてしまって、私はしどろもどろに名前を返す。すずめさん、と口の中で転がすように小さく繰り返し、草太さんはふわりと微笑んだ。――と、

「にゃあ」

「わっ！」

突然に猫の声がして、顔を上げると窓際に小さなシルエットがあった。出窓の手すりにちょこんと座っているのは、仔猫だった。

「え、なにこの子、痩せすぎ」

手のひらサイズの小さな体は骨張ってげっそりと痩せていて、黄色い目だけがぎょろりと大きい。まっ白な毛並みの中で左目だけ黒い毛で囲まれていて、なんだか片目を殴られて隈取りされたみたい。耳はぺたりと力なく伏せられている。ずいぶんと哀れを誘う顔つきの猫だった。

「ちょっと待ってて！」

猫と草太さんにそう言って私は台所に急ぎ、煮干しを見つけて小皿に入れ、水と一緒に窓際に置いた。仔猫はすんすんと匂いをかぎ、慎重にひと舐めし、それからがつがつと食べ始めた。

「相当お腹すいてたのねえ……」

私はあばらの浮き出た体を眺める。このあたりでは見かけない猫だった。

「君、もしかして地震で逃げてきたのかな。大丈夫？　怖くなかった？」

白猫は顔を上げ、私の顔をまっすぐに見て、

「にゃあ」と答えた。

「かわいっ！」

なんてけなげなのっ！　草太さんも隣で微笑んでいる。

「ね、うちの子になる？」と、思わず私は猫に言う。

「うん」

「え？」

返事があった。ビー玉みたいな黄色い目が、じっと私を見つめていた。枯れ木のように痩せていたはずの仔猫の体が、いつの間にか大福みたいにふっくらと肉付いている。耳がぴんと立っている。ちりーん。思い出したように風鈴が鳴る。白い毛に覆われた小さな口が、開く。

「すずめ　やさしい　すき」

幼い子供のようなたどたどしい声。猫が、喋(しゃべ)っている。黄色い瞳(ひとみ)に、人間めいた意志がある。その目が私から草太さんに移り、突然に細められた。

「おまえは　じゃま」

「――！」

ガタン、と何かが倒れる音がした。反射的に見ると、草太さんの座った椅子が倒れていた。椅子だけが倒れていた。

「え？　えっ、ええ⁉」

私は部屋を見回す。

「草太さんっ、どこっ⁉」

いない。一瞬前までここにいた草太さんの姿が、どこにもない。白猫は窓辺でじっとしたままだ。その口元がにたりと笑ったかのように見え、全身が総毛立つ――と、コトッと足元でまた音がした。椅子が倒れている。何かがおかしい。コトン。

「……？」

その木製の子供椅子は、左前脚が欠けてしまっていて三本脚である。そのうちの一本が、ぶん、と振られるように動いた。その反動で、仰向(あおむ)けだった椅子が横倒しの格好になり、さらに二本の脚で床を蹴(け)るようにして、起き上がった。

「え……？」

椅子は三本脚でカタカタと必死にバランスを取りながら、二つの瞳で私をじっと見る。そう、元々その椅子の背板には、目に見立てた凹(くぼ)みが二つ彫ってあるのだ。黄色いペンキで塗られた三本脚の子供椅子は、今度は自分の体を確認するかのように、顔を下に曲げて自身を見た。

「なんだ、これは……」

椅子から声が出た。あの柔らかくて低い声。

「え、えええええー！」思わず大声を上げてしまう。「そ、草太さん……？」

「鈴芽さん……俺は……？」

とたんにバランスを崩し、椅子は前につんのめる。が、即座に前脚を蹴り上げて身を起こし、その勢いでくるくると回ってしまう。必死に三本の脚を動かしている。カタカタとタップダンスのような音が部屋に響く。椅子はようやく止まり、窓辺の猫を見据える。

「お前がやったのか⁉」

椅子が——草太さんが、気色ばんで叫ぶ。と、猫は窓辺から屋外にひらりと飛び降りた。

「待て！」

椅子は駆け出し、棚を足場に窓辺によじ登り、そのまま窓から駆け出した。

「えーっ、ちょっとちょっとちょっと⁉」

ここ二階なんですけど！　うわあ、と草太さんの叫び声が聞こえて、私は慌てて窓から身を乗り出す。椅子が、屋根の斜面を滑り落ちて行く。庭の洗濯物に落下して姿を消し、一瞬後、シーツをひるがえして駆け出てきた。既に庭を抜けて道路を走っている白猫を追って、椅子も細い車道に飛び出す。通りかかった車が驚いてクラクションを鳴らした。

「嘘でしょおお⁉」

追わなきゃ！　と思った一瞬後に、正気⁉　と自分で思った。今日味わった恐怖や悪寒や混乱が、私の中に一気に蘇る。ミミズと地震？　喋る猫に走る椅子？　私とは関係ないし、関わらない方がいいに決まってる。私の世界はそっちじゃないでしょと、そっちがどこなのかもよく分からないままに私は思う。環さんや絢やマミ、友達の顔が頭に浮かぶ。――でも。でもあれは、私たちにしか見えなかったのだ。

一秒。階段を駆け下りる頃には、迷ったことさえ私は忘れた。

床に落ちていた草太さんの鍵を掴み、私は駆け出していた。迷っていたのはたぶん

「えっ、鈴芽！」

「環さん！」

玄関を出ようとしたところで、環さんと鉢合わせた。

「ごめん、私ちょっと！」駆け抜けようとすると、「ちょっと、どこ行くと？」と腕を掴まれる。「私、あんたが心配で戻ってきたっちゃが！」

「え？」

「地震！　あんた、ぜんぜん電話に出てくれんから――」

「ああっ、ごめんっ、気づかなかった！　大丈夫だから！」

これじゃ見失ってしまう。環さんの手を思いきり振り払い、私は道路に飛び出した。ちょっとこら、待たんけ！　環さんの叫び声が遠ざかっていく。

草太さんたちが走り去った方向に坂を下っていくと、ようやく視界の先にその姿が見えてきた。草太さんは脚をもつれさせながら、転がるように坂を駆け下りている。その更に先から、中学生の男女が坂を登ってきている。と、椅子が前のめりに転び、すざーっと坂を滑り、中学生たちの前で停止した。

「おわっ！」「ええっ、なんけこれ？」「椅子？」

驚く彼らの前で、草太さんはすくっと立ち上がり、しかしバランスが取れないのか彼らの周囲をぐるぐると回ってしまっている。

「うわあ！」謎の物体に絡まれ、恐怖の叫び声を上げる中学生たち。やがてようやく方向を定めることが出来たのか、草太さんは彼らから離れて再び坂を駆け下り始めた。

「すみませんー！」

スマホで椅子の後ろ姿を撮りまくる彼らに、私は突進してしまう。彼らをかきわけ、椅子を追う。背中でシャッター音が響きまくっている。わーん私まで撮られてるよー、これSNSに上げられちゃったりしないよね⁉　草太さんの先に小さく猫の姿もあり、その先には港がある。

コンビニ前のヤンキーみたいに埠頭にたむろしていたウミネコが、一斉に飛び立った。その場所を白猫が駆け抜け、椅子が駆け抜け、すこし遅れて私も走り抜ける。猫の向かう先には、お客さんが乗船中のフェリー。ちょっとちょっと——嫌な予感を感じつつも、私はとにかく走る。

「おーい、鈴芽ちゃーん！」

「えっ⁉」

野太い声がして、そちらを見ると海を挟んだ隣の埠頭から稔さんが大きく手を振っていた。環さんの同僚で、もう何年も見え見えの片想いを環さんに抱いている報われない男性である。漁船から荷揚げをしている最中らしく、優しい人なので私は嫌いで

はないのだけれど、

「どんげしたとーっ？」

と今訊(き)かれても、とても返事が出来る状況じゃない。この港のフェリー乗り場は単なる剝(む)きだしの鉄階段で、トラックの運転手さんやなんかがどやどやとタラップを歩いている。猫が彼らの足元をすり抜け、草太さんがそれに続く。なんやなんやと、おじさんたちが驚いて声を上げている。

「ああっ、もう！」

もうやけくそに、私も鉄階段に突進する。

「ほんっとにすみませんー！」

とにかく謝りながらおじさんたちを押しのけてタラップを走り抜け、私もフェリーに飛び込んだ。

『大変長らくお待たせいたしました。本日正午過ぎに発生した地震により出港が遅れておりましたが、安全が確認されましたので、本船は間もなく出港いたします』

いつもは遠くに聞こえる汽笛が、鼓膜を圧する音量であたりに響きわたる。傾いた午後の陽射しに押されるように、猫と椅子と私を乗せたフェリーはゆっくりと港を離れ始めた。

さあ始まるよと、皆がささやく

フェリーのエントランスを抜けると、そこは自動販売機の並ぶロビーだった。長距離トラックのおじさんたちが慣れた様子で丸テーブルに腰掛け、さっそくビールなんかを開けている。

「さっきの見たと？」「見た見た！　なんじゃったっちゃろね？」「猫じゃねーとや？」「いやなんか、椅子のごとあるもんが走っちょってよ」「オモチャやろ」「ドローンのごとある。良く出来とったわあ」

ひえー、噂になってる！　私は部屋の隅々に目を走らせながら、草太さんたちの姿を探してロビーを小走りに通過する。汗だくの制服姿を訝（いぶか）しげに見るおじさんたちの視線をひしひしと感じて、なおさらに汗が噴き出す。道なりに階段を昇り、まばらに乗客の座った客室を抜け、もう一度階段を昇ると、そこは海に面したフェリーの外廊下だった。

「どこ行ったのよ、まったく！」

思わず叫ぶ。腹が立つ。まるで自分のペットが人様に迷惑をかけていて、しかもそのペットは理不尽に押しつけられたものだというような気分に、私はなっている。細い廊下を駆け抜けると、そこは広々とした吹きさらしの後部デッキだった。

「――ああっ！」

いた！　デッキの真ん中で強い潮風を受けながら、仔猫と子供椅子が二メートルの距離を挟んで睨み合っている。現実なのか子供じみた悪夢なのか、私はふいに目眩を覚える。

「なぜ逃げる⁉」

草太さんが怒鳴り、詰め寄った。その距離分、白猫は後ずさる。

「俺の体に何をした⁉　お前は何だ⁉」

無言のままじりじりと、白猫は後退していく。でも後ろは柵、その下は海だ。

「答えろっ！」

椅子がぐっと脚を折り、勢いをつけて白猫に飛びかかった。猫はひらりとすり抜け、フェリーの最後部に立っている細長いレーダーマストを駆け上っていく。

「ああっ」

逃げられた！　私は草太さんに駆け寄り、並んでマストを見上げる。十五メートルほどの高さのマストのてっぺんに、白猫はちょこんと座っている。

「すーずめ」

え。私を見ている。黄色い丸い目が、わくわくと輝いている。

「またねっ」

幼い声が跳ねるように言い、白猫はマストから海へと飛び降りた。私はひっと息を呑む。と、その体は、後ろから高速でやってきた警備艇にすとんと落ちる。

「えええーっ！」

警備艇はあっという間に私たちのフェリーを追い越していく。為す術もなく、私たちは呆然とその後ろ姿を見送った。

しばらくしてから後ろを振り返ると、私の町の海岸線はもうずいぶんと遠かった。港からへその緒みたいにフェリーの航跡が長く伸びていて、それは沈みかけの夕日を浴びてきらきらと光りながら途切れていった。

＊　＊　＊

「――だからあ、今日は絢んちに泊まるから。……うーん、だからごめんってば、とにかく明日(あした)はちゃんと帰るから、心配しないで！」

薄暗い化粧室の端っこで、私はスマホを耳に押しつけている。足元から絶え間なく響いているエンジン音が環さんに聞こえないようにと、スマホごと口元を手のひらで覆っている。

『ちょっと、ちょっと待たんね、鈴芽！』環さんの泣き出しそうな表情が、声だけでありありと目に浮かぶ。

『泊まるのはいいっちゃけど、あんた、部屋の救急箱は何に使ったと？　怪我したっちゃないやろね？』

「大丈夫だって。なんともなかったでしょ、すれ違ったとき」

『それにあんた、煮干しなんてそんげ好きじゃないよね？　なんで出したと？』

細かい人なのだ。喋(しゃべ)りながら壁一面の写真を見つめている環さんの姿が、私には見える。学芸会、運動会、二度の卒業式、三度の入学式。環さんは必ず満面の笑みで記念写真を撮り、隣に写る私の笑顔はいつでもすこし淡い。そんな写真が、我が家にはあちこちに飾ってある。

『私、こんなこと考えたくないけど』

返答に窮している私の沈黙を、環さんが埋める。

『あんた、ひょっとして変な男とつきあっちょっちゃ――』

「違うっ、健全っ、大丈夫っ！」

思わず叫んで、間髪を容れずに通話を切ってしまう。どはあ、と溜息が盛大に口から落ちる。ああ、こんなんじゃなおさらに心配させてしまう。あの人の過保護っぷりを加速させてしまう。――でも面倒は明日の自分に押しつけることにして、私は化粧室を出た。


夜のフェリーに乗るのは、考えてみれば初めてだった。海はどこまでも黒く、昼間よりもなおさらに深い。こんなにも激しくうねる膨大な塊が足元にあることが、油断するとたまらなく怖くなる。私は想像力をシャットダウンしつつ階段を昇り、外廊下に出た。風に髪が暴れる。廊下の端っこ、展望デッキに繋がる外階段の下に、草太さんは無言でたたずんでいた。子供椅子の姿で、月明かりに淡く照らされて。というか、あの椅子が本当に草太さんなのだろうか。私は何度目かの不安に襲われ、でもだとしたら草太さんはもっとずっと不安なはずで、だったらせめて私は明るく振る舞おうと、あらためて心を決めた。

「草太さん！　この船、愛媛に朝到着するんですって！」

船員に聞いたことを伝えながら、私は小走りで草太さんに駆け寄った。

「猫の飛び乗った船も、同じ港だろうって」

「そうか……」

草太さんの声と同時に、椅子がカタンと動いてこちらを向く。反射的に身を引きそうになるのをぐっとこらえ、私は明るい声を出す。

「私、パン買ってきました！」

両手に抱えた菓子パンを草太さんの隣に置き、私もその横に座り込む。ロビーの自販機で買った焼きそばパンと牛乳サンド、紙パックのコーヒー牛乳といちごオレ。

「ありがとう」すこしだけ笑ったような声色に、私はホッとする。「でも、腹は減ってないんだ」

「そう……」

そうだよね。椅子の体で食事なんて摂（と）りようがない。自販機の前でも、買おうかどうかずいぶん迷ったのだ。お腹が鳴らないように、鳴ってしまっても彼に聞こえないように、私は膝（ひざ）を強く抱えてぎゅっとお腹に押しつける。朝ごはん以来、私は何も食べていないのだ。菓子パンを間に挟んで座ったまま、私たちはゆっくりと流れる星空をしばらく眺める。すこしだけ欠けた月が、雲の峰を明るく照らしている。夜の鉄廊下はひんやりとしている。

「あの……」でもずっと、黙っているわけにはいかない。私は思いきって尋ねる。

「その体って」

「……俺は、あの猫に呪われたらしい」自嘲するように草太さんは小さく笑う。

「呪いって……。大丈夫ですか？　痛かったりとか、しないんですか？」

「大丈夫だよ」と笑う草太さんに、私は思わず手を触れた。

「あったかい……」

椅子は、人の体温を持っていた。魂という言葉がふと浮かぶ。そういうものがあるとしたら、それはきっとこういう温度だ。椅子の瞳——背板に彫られた二つの凹みには、うっすらと月の光が映っていた。

「でも、なんとかしないとな」

月を見ながら、草太さんが小さく呟く。私は意を決し、

「あの、私、気になってることがあって——」と口に出した。

「廃墟の石像……！」

私の話をひとしきり聴き終えた後に、ふいに大きな声になって彼が言った。

「それが要石だ！　君が抜いたのか⁉」

「え、抜いたっていうか……」

手に取ってみただけ。そう伝えようとするが、草太さんは自問するように言葉を重ねる。

「そうか、ではあの猫が要石か！　役目を投げ出して逃げ出すとは……」

「え、どういうこと？」

「君が要石を自由にして、俺はそいつに呪われたんだ！」

「えっ、嘘――」私は戸惑う。でも、奇妙に納得してしまう。石像に彫られていた顔は、狐ではなく猫。石が手の中で獣に変わった、あの感触。

「ごめんなさい、私、そんなこと知らなくて――え、どうしよう……」

私を見ていた椅子の瞳が、ふいに床へと落ちる。草太さんが小さく息を吐く。

「……いや、悪いのは扉を見つけるのが遅れた俺だ。君のせいじゃない」

「でも――」

「鈴芽さん、俺は閉じ師だ」

「……とじし？」

ギギと音を立てて、草太さんは体ごと私に向ける。カタッと前脚を跳ね上げ、ふらふらと二本脚で立ち、背板から下げた鍵を前脚で掲げて見せる。私が部屋から持ってきた、装飾の施された古い鍵だ。猫が逃げた後に、私が草太さんの首にかけたのだ。

「災いが出てこないように、開いてしまった扉に鍵をかける」

カタン。前脚を床に戻し、草太さんは続ける。

「人がいなくなってしまった場所には、後ろ戸と呼ばれる扉が開くことがある。そういう扉からは、善くないものが出てくる。だから鍵を閉め、その土地を本来の持ち主である産土に返すんだ。そのために、俺は日本中を旅している。これは、元々俺たち閉じ師の仕事なんだ」

「――」

うしろど。とじし。うぶすな。全然知らない言葉なのに、どこかで聞いたことがあるような気がする。意味が分からないけど、頭のずっと奥の方ではちゃんと理解できているような気がする。どうして――と考えようとしたところで、

「鈴芽さん、お腹すいてるだろう?」

とても優しい声で草太さんが言った。食べて、と前脚で菓子パンを私の膝までそっと押す。

「うん……」

私は牛乳サンドを手に取り、両手でビニールの包装を開いた。甘い匂いがふわりと立ち昇り、すぐに潮風に流されていく。

「猫を要石に戻し、ミミズを封じる。そうすれば、俺もきっと元の姿に戻れる」

こんなにも優しい声なのは、私を安心させようとしてくれているのかも。

「だから、なにも心配しなくていい。君は明日、家に帰って」

パン生地とミルククリームのとろりとした甘みが、草太さんの柔らかな声と一緒にじわりと体に染み渡っていく。見慣れた黄色い子供椅子から発せられるその声に、私はもう違和感を感じなくなっていた。

＊　＊　＊

その晩、私は夢を見た。

私は迷子になった子供だった。歩いているこの場所は、しかしあの星空の草原ではない。たぶん、そのもっと手前。いつものあの夢には長いストーリーがあって、日によって冒頭部分だったり、中盤を眺めていたり、クライマックスを体験したりするのだ。今日の夢は、物語の最初の部分だと思う。

時間は夜。冬の深夜。家からまだそう離れてはいないはずだけれど、奇妙なことに見知った建物たちは消えていて、自分がどこを歩いているのかよく分からない。がらんとした通りには誰もいない。地面はぬかるんでいて、歩くたびに、冷たい泥が靴を重くしていく。悲しさとか寂しさとか不安とかはもう私の一部になっていて、たっぷりと溜(た)まったそれらの感情が、歩くたびに小さな体の中でたぷたぷと揺れている。寒い。雪が舞っていて、空も地上も暗い灰色に塗り込められている。その灰色を小さく切り抜いたように、淡い黄色の満月が浮かんでいる。その下には電波塔のシルエットが見える。このあたりでは一番高い建物で、見覚えのあるものはそれだけだ。

「おかあさん、どこーっ？」

そう叫びながら歩く私の目の前に、やがて扉が現れる。雪に埋もれた瓦礫(がれき)の中で、その扉だけがまっすぐに立っている。みぞれ混じりの雪に濡(ぬ)れ、化粧板が月明かりをぼんやりと映している。

吸い寄せられるように、私の手はそのノブに伸びていく。摑(つか)む。金属製のそれは、肌に吸い付くように冷たい。ノブを回し、ドアを押す。きい、と軋(きし)みながらドアは開いていく。その中にある風景に、子供の私は驚く——と同時に、当たり前に知っている場所だとも思う。初めての場所なのに懐かしく思っている。拒まれているのに呼ばれていると感じている。悲しいのに昂ぶっていく。
扉の中へ——眩い星空の草原の中へと、私は足を踏み入れる。

＊　＊　＊

ガタッ。何かが倒れる音に、目を覚ました。

「……草太さん？」

椅子がひっくり返り、三本脚を上に向けた格好で倒れている。

「すっごい寝相……」

寝相だよね、これ？　私は自分の上半身を起こす。手すりの向こうで、みかん色に染まった海がきらきらと光っている。ウミネコの群れが、集団登校の小学生みたいにかしましく空を舞っている。ぶどう色に澄んだ空と、透明で清潔な太陽。日の出だ。

私たちは外廊下のすみっこで眠っていたのだ。

「草太さん」

椅子に手を当てて、揺らしてみる。返事がない。でも、やっぱりあたたかな体温がある。眠っているのだ。私はちょっと安心して、立ち上がる。手すりから身を乗り出し、進行方向を見てみる。いつのまにかフェリーの周囲には大小いくつもの島がある。何隻もの船がいる。宇和海――賑やかな豊後水道に私たちはいるのだ。銀紙みたいに輝く海のずっと向こうに、何本ものクレーンの立つ港が見えている。潮の匂いに、重油や植物や魚や人間の生活の匂いなんかが、ふっくらと混じっている。突然に体を圧すような音量で、ボーッと汽笛が鳴る。さあ始まるよと、周囲のなにもかもがうきうきと言っているような気が、ふいにする。何が始まるのか、旅なのか人生なのか単なる新しい一日なのか分からないけれど、とにかくこれから始まるよと、音が、匂いが、光が、体温が、そわそわとささやいている。

「……どきどきする」

朝日に縁取られた景色を見つめながら、私は思わず口に出した。

二日目

愛媛での猫探し

私はまだ海外旅行をしたことがないけれど、外国の地面に降り立つ瞬間ってきっとすごく感動するんだろうな。フェリーに接舷(せつげん)された狭いタラップを降りながら、ふとそう思った。ローファーが港のコンクリートに着く瞬間、「四国(しこく)ーっ!」と心の中で叫ぶ。人生初上陸だ。そのまま立ち止まって、おじさん集団の背中が遠ざかるのをしばらく待ち、充分に距離をとってから私は歩き出した。念のため、子供椅子は背中に隠すように後ろ手に持つ。手ぶらで家を出てきてしまったから、制服姿で子供椅子だけ持っているという謎キャラに私はなってしまっているのだ。あまり目立ちたくない。

今日も暑いのぉとか、わしはこのまま大阪やとか、がやがやと歩くおじさんたちの声と一定の距離を保ちつつ、トタン屋根が架かっただけの簡素な通路を歩く。またのご乗船を心よりお待ちしております と、スピーカーが言っている。地元の宮崎とは何かが違う場所をイメージしていたのだけれど、今のところ、音も空気も港のさびれ具合も、ぜんぜん違いがない。青空の色も潮の匂いも日灼けしたコンクリートの色も、拍子抜けするくらい地元と同じである。

「……鈴芽さん？」

カタン。背中でふいに椅子が動き、草太さんの声がした。私は思わず立ち止まり、

「やーっと起きたぁ」と安堵の溜息をつく。

「草太さんぜんっぜん起きなかったから、全部夢だったんじゃないかって思い始めてました！」

フェリーターミナルを出るとそこはだだっ広い駐車場で、その端っこで私は草太さんに文句を言う。日の出から今までの二時間ほど、何度声をかけても全く起きてくれなかったのだ、この人は。

「寝てたのか……俺……」まだ寝ぼけたような声。はあーっ、ともう一度大きな溜息を私は聞かせる。

「──まあいいわ。さーて、猫！　どうやって探しましょうか？　まずは港で聞き込みからかな」

「え？」

「ていうか、ここどこだろう？」

私はスカートのポケットからスマホを取り出す。これだけでも持ってきていて良かった。フェリーの代金すら払えないところだった。

「おいちょっと、君！」

慌てたように言う草太さんの声を無視して、私はスマホを操作する。画面に居座っている環さんからのメッセージ通知をささっと掃くようにスワイプし、マップを開いて現在位置を確認する。今いる場所は、愛媛県の西の端にある八幡浜港。東に歩けば市街地で、電車の駅も歩ける距離にある。ふむふむ。ちなみに我が家までの距離は。移動ログを表示させると、四国と九州が画面に収まるまでマップがぐーんとズームアウトして、自宅まで２１９㎞と表示される。

「うわ、ずいぶんきちゃった」

「次のフェリーに乗れば、今日中には家に帰れるだろう。昨日話しただろ？　俺のことは心配せず、君はこのまま家に──」

「ああっ！」

私は思わず声を上げる。

「え、どうした⁉」

「これって……！」

地面にしゃがみ込み、ＳＮＳの画面を草太さんに見せる。そこに投稿された写真に写っているのは、電車の座席にちょこんと座っている、あの白猫である。

「あいつだよねえ⁉」

「なんと……！」

現在地周辺だけに絞り込んだＳＮＳのタイムラインに、ずらりと白猫の写真が並んでいる。昨夜は警備艇のへさきに、夜明けには港のもやいの上に、早朝は橋の欄干に、数時間前には駅のベンチに、数分前には電車内の整理券ボックスの上に、やけにＳＮＳ映えするあどけない仔猫(こねこ)ポーズであの白猫が写っている。お遍路中にキュートな出会い！　やばいまずいマジ可愛い！　電車に乗ってきたんですけどマジでリアル耳すま！　ぬこ駅長にチュール！　かわいい……かわいい……さっきからずっと隣におる……。写真には、いずれも語彙(ごい)力が低下したような文章が添えられている。あの白猫は行く先々であざとく得意げに（だってそう見える）、人々に写真を撮られているのだ。

「え、ダイジン……？」

白いおひげが昔の大臣みたいで超キュート。頬ヒゲの上向きカールがマジ大臣。そんな投稿がいくつか続き、果ては「#ダイジンといっしょ」というハッシュタグまで発生している。

「まじか──……。そういえばソレ系の顔かな……？」

「こいつ、電車で東に移動している。追わなければ！」

草太さんはそう言って、カタンカタンと歩き出した。歩きながらギギギと背板を私に向け、決定事項を告げるようにクールに言う。

「ここでさよならだ。今までありがとう鈴芽さん。気をつけて帰りなさい」

ええと、どこまで買えばいいのかな。まあとりあえずと、私は一番大きいパネルを押す。ピッという電子音が、やけに天井の高い駅舎に響く。

「あのなあ……」

手元でささやかれる抗議の声を無視し、私は発券機から切符を取る。お腹に椅子を抱えたまま、八幡浜駅の改札をくぐる。

「君は帰らないと、家族が心配するだろう!?」

「平気！　うち、放任主義ですから」

私は小声でしれっと言う。何でもないんですよーという顔でさりげなく椅子を持っているつもりだけど、さっきから違う制服姿の同年代たちにじろじろと見られている。

松山行きーワンマン列車が参りますー。のんびりした声でスピーカーが告げ、やってきた銀色の車体に私たちは乗り込む。空いた車内はいくつかの駅を過ぎるとほとんど貸し切りのようになり、私たちはようやく緊張を解いた。

「……危険な旅になるし、君についてこられても困るんだよ」

膝の上で、子供椅子が困ったような声で言う。

「そんなこと言ったって草太さん、」私は見ていたスマホを、草太さんの顔に近づけた。「これ！」

ＳＮＳに投稿されているのは、坂道を走る椅子の後ろ姿である。素早い動きでだいぶブレていて、それが逆にＵＭＡっぽい怪しいリアリティを醸し出している。他にも埠頭を走る姿や、港の近くを歩いている今朝の姿。顔こそ判然とはしないけれど私が写った写真まである。「ヤバイもの見た！」「俺も！」「椅子型ドローン!?」「傍らの謎の制服少女の正体は!?」ちょっとした噂になっている。「#走る椅子」というハッシュタグまで、またしても出来ている。

「なんと……！」

「ほらあ！　人前じゃ歩くのも危ないでしょう⁉　こんなんじゃ、草太さんが先に誰かに捕まっちゃうよ！」

「う……」草太さんは言葉に詰まり、しばらくしてから、鈴芽さん、と神妙な声で言った。

「仕方がない――。ダイジンを見つけるまで、よろしく頼む」

ギギと小さな音を立て、椅子が頭を下げる。やった、と私は思う。にっこりと笑って、私も草太さんに頭を下げた。

「こちらこそ！」

ようやく同行を認めてもらえた。よーしやるぞーっと気合いを入れて顔を上げたら、遠くの座席から幼児が不思議そうにこちらを見ていた。幸い母親はスマホを覗き込んでいる。あぶないあぶない。草太さんを元の姿に戻す責任が、私にはあるのだ。草太さんが人間の姿を取り戻すまで、私が彼を守るのだ！

だからいま、私が走るべき方向は

――でもせめて。日焼け止めを、最初の駅前で買っておけば良かった。ようやく傾き始めた太陽を恨めしげに睨みながら、私は今日何度目かになる後悔をまたなぞった。私の肌、ぜったいに焼けた。ぜったいに、今夜はお風呂で沁みる。というか、今夜お風呂に入れる可能性が果たしてあるのか。ていうか、このまま陽が暮れたら今夜はどこで過ごせば良いのか。まさかの初四国で初野宿なのか。二晩連続ノーシャワーなのか。私たちの歩いている山道の、ガードレールを挟んだ下の大きな貯水池に目をやりながら、今夜もお風呂に入れなかったら最悪水浴びかなと絶望的な気持ちで思う。

ＳＮＳに投稿された写真を頼りに、私たちは電車に乗ったり降りたりを繰り返し、ダイジンこと白猫の足どりを追い続けた。しかし写真の場所に辿りつく頃には別の場所の写真がアップされるといった具合で、これではきりがないのだった。さりとて現状だと他の手掛かりもなく、今は二時間前に投稿された写真の場所に私たちは向かっている。ダイジンがみかん畑の中でしなを作っている写真と、「うちの農園に白猫ちゃんがご訪問！　#ダイジンといっしょ」という投稿。この山道を登った先が、その農園のはずなのだ。そしてここまでの道のりにコンビニも商店も一軒もなく、日焼け止めは買えないままなのだった。

「……！」

背後から、バイクの音が聞こえてくる。

「草太さん！」

私は慌てて声をかけて、数メートル先を歩いている椅子へと走り、背中から持ち上げた。間一髪、椅子を持った私の脇を原付バイクが走り抜けていく。

「……見られなかったよね？」

「そんなに心配しなくても大丈夫だよ」

と彼が笑う。でも草太さんには危機感が足りないと、私は思う。映画の『トイ・ストーリー』みたいにヘンな人にさらわれちゃったらどうするのよ。猫探索に加え、椅子奪還のミッションまで発生してしまう。とはいえ子供椅子を持ち続けるのも意外と腕が疲れるもので、人目がない場所では結局自力で歩いてもらっているのだけれど。

――と、坂の上からガタン！　と何かが落ちたような音と、キキイッという ブレーキ音が響いた。続けて「やばっ」という女性の声がかすかに耳に届く。

「ん？」私は坂の上を見る。「……ええ⁉」

狭い坂道を、大量のみかんがゴロゴロと転がり落ちてくる。さっき通り過ぎたバイクの荷台に大きな箱が積まれていたことを、私は思い出す。

「えええーっ！」

道幅いっぱいに広がりつつ迫ってくるみかんの群れ。立ちつくしてしまう私の体から、とっさに草太さんが飛び降りた。驚いて目で追うと、道路脇の畑にあった防獣ネットを脚にひっかけ、Uターンして戻ってくる。

「鈴芽さん、そっち押さえて！」

「え、あ、うん！」

草太さんがネットを引きずったまま私の前を通り過ぎ、私たちは道の両端でネットを広げる格好になる。と、ほとんど同時にみかんたちがドドドドッと網に収まった。

「……嘘じゃろうっ⁉」

声に顔を上げると、坂の上でヘルメットを被った女の子が私たちを呆然と見下ろしていた。草太さんが今さらに無機物のふりをして、コトンと倒れる。転がってきたみかんを一つ残らず、私たちはキャッチすることに成功したのだった。

＊　＊　＊

「しんから助かったわー、ありがとう！」

茶髪をショートボブにした赤い学校ジャージの女の子が、私の両手を握ってぶんぶんと振っている。私はその勢いにちょっと戸惑いながら、いえいえ……とこわばった笑顔を作る。

「あんた、魔法使いみたいじゃねえ！　一体どうやったん？」

「あ……」私は動く椅子を目撃されずに済んだらしいことにほっとしながら、「なんか、とっさに体が動いた……？　みたいな？」と曖昧に言う。

「ええ〜、しんからすごいわ！」

なんだか心から感動してくれている様子。ぱっちりとメイクされた丸い瞳が、きらきらと輝いている。

「うち、千果。高校二年」

と、彼女が自分の胸を指差す。

「あ、同い年！　私は鈴芽」

「へえ、すずめ。可愛い名前や！」

うわ、この子距離が近い。でも同じ歳だと聞くと、私にもとたんに気安さが湧き上がってくる。

「ね、鈴芽の制服って――」いきなりの呼び捨て。でもそれがぜんぜん嫌な感じではなく、彼女は私の姿を上から下までじっと見て言う。「このへんの子やないよね？」

「あ、うん――」

私も呼び捨てで名前を呼ぼう。ふいに浮きたつ気持ちでそう決めて、私は事情を（だいぶ伏せつつも）話した。


「え、猫を探して……九州からあ⁉」

スマホに表示されたみかん農園の写真を見ながら、千果が驚いた声を出す。私たちは道路脇の空き地に並んで座っている。あたりを満たしていた蟬の声は、気づけばヒグラシの合唱に置き換わっている。道路下の貯水池の水面の色も、明るい青から緑がかったグレィに沈みつつある。

「この子、鈴芽の飼い猫なん？」スマホを私に返しながら千果が訊く。

「ええと、そういうわけでもないんだけど……」

私は返事を濁して、彼女からお礼にともらったみかんを一房口に入れた。びっくりするくらいに甘い。渇いた喉が心地好く湿り、歩き疲れた体に甘さがすーっと染み込んでいく。今度は六房くらいまとめて口に入れる。コンビニのオレンジジュースの千倍おいしい。

「これ、日焼けがリセットされそうなくらいおいしい！」

そう伝えると、千果はとても嬉しそうに笑った。

「さっきはごめんな。道路が段々になっとってな」

「段々？」

「うん。タイヤで思いきり段差に乗ってしもて、ゴムバンドが弾みで外れてしもて。昨日まではそんな段差なかったはずなんやけど——ってまあ、ケースをちゃんと固定しとらんかったうちが悪いんやけど」

「大変だね……。それって、バイト？」

「ううん、うちの親、客商売やっとるから。このみかんはもうお客さんには出せんから、加工に回してもらうわ。だから好きなだけ食べて。紫外線、ようけリセットして」

私たちは一緒に笑う。みかんの甘さと千果のからっとした声に、体の緊張がほぐれていく。

「そんで、鈴芽はその農園に行くところなの？」

「え、あ、うん、そう！」

ちょっと慌てて、私はスマホにもう一度写真を出した。いけないいけない、すっかり放課後井戸端気分になってた。私はあらためて写真を見てから、周囲の風景を確かめようと顔を上げた。

「ねえ千果、この写真の場所ってさ、この近くだと思――」

思うんだけど、という言葉が、喉で止まった。代わりに口から出たのは、掠れた息。

「……どしたん？　鈴芽？」

返事が出来ない。千果が怪訝そうに私を覗き込むのが、気配で分かる。でも私の目は一点に縫い付けられてしまったみたいに、それから離せない。どうして。なぜこの場所に。ヒグラシの鳴き声が、いつの間にかぴたりと止んでいる。貯水池を挟んだ遠くの山肌で、カラスがギャアギャアと群れている。その群れを左右に割るようにして、赤黒い煙がゆっくりと立ち昇ってきている。うっすらと発光しているように見えるそれは――私たちにしか見えない、あの巨大なミミズだった。

「あ、あの――」

声が震える。足元の草太さんを持ち上げて、千果に言う。

「ごめん、急用が出来て！　ごめんね！」

「え、ええ？　急用⁉　え？」

椅子を抱えて、私は反射的に走り出していた。千果の戸惑った声に振り返る余裕もなく、ミミズの見える方向へと山道を駆け上る。

「草太さん、ミミズってどこにでも出るの⁉」

「この土地の後ろ戸が開いたんだ！　早く閉じなければ――」

また地震が？　足元からぞわりと悪寒が迫り上がり、その不快さを踏み潰すように私は足を速める。ミミズは太く長く、空に伸びていく。草太さんが、焦った声を出す。

「この距離を走ったんじゃ間に合わない！」

「そんな……！」

「おーい、鈴芽ぇー！」

背中から声が聞こえ、振り返ると、原付バイクに乗った千果だった。私の目の前でキュッとブレーキをかける。

「千果！」

「なんや分からんけど、急ぐんじゃろ？」真剣な顔で、私の目を見る。

「乗って！」

流れる木々の隙間からチラチラと見えるミミズが、ぼんやりと赤銅色に光っている。いつの間にか陽が沈んでいる。車通りのない山道を遠慮なく飛ばす原付バイクの荷台に座り、私は千果にしがみついている。日没後の濃くなっていく藤色の中で、ミミズは空を流れる不吉な赤い夜光虫のようだ。

「ほんとにこっちでええの!?」

前を向いたままの千果が、風とエンジンに張り合って大声で叫ぶ。

「この先は何年か前に土砂崩れがあって、今は誰も住んどらんよ！」

「廃墟(はいきょ)なの!?　じゃあそこでいいの、お願い！」そう叫び返し、私は草太さんに口を寄せる。

「ねえ、また地震が起きるの？」

「ミミズは空に広がりながら地気(ちき)を吸い上げ、重みを増していく。それが地上に倒れた時に地震が起きるんだ。その前に扉を閉めれば、防げる。今度こそ――！」

唐突に現れた大型の看板に、ヘッドライトが眩(まぶ)しく反射した。千果が急ブレーキをかける。看板には「土砂災害のため全面通行止め」と大きな文字が書かれ、地面にはいくつもカラーコーンが並んでいる。崩れた土砂で、その先の道路がせき止められている。バイクでは行けそうもない。あたりには、どこか爛れたようなあの甘い匂いが濃く漂っている。

「ここまでで平気！」

私はバイクから飛び降り、椅子を抱えたまま走り出した。

「千果、本当にありがとう！」

「え、ちょっとちょっと、鈴芽？」

千果の叫び声が背中で遠ざかる。早く早くと、鼓動が急かす。寸断された道路の奥、真っ暗な集落の向こうに、赤黒く発光するミミズが大きく見えている。足元はぬかるんでいる。ローファーで重い泥を蹴り上げながら私は走る。

「――鈴芽さん、君もここまででいい！」

突然に草太さんがそう言って、私の体を蹴って地面へと飛び降りた。リードから解放された犬のように、全速力で私から遠ざかっていく。

「え、草太さん、ちょっと！」

「これ以上は危険なんだ！　あの子のところへ戻って！」

「草太さん！」

三本脚の獣のように見えるシルエットは、すぐに薄闇の瓦礫にまぎれて見えなくなってしまう。うそ、草太さん！　もう一度そう叫んでも、返事は戻ってこない。

「――！」

　思い出したように急に息が上がり、私はその場に立ち止まってしまう。肺が空気を欲しがって、体が勝手に大きく息を吸い込む。すると甘い匂いまでがたっぷりと胸に入ってしまって、私は激しく咳き込む。必死に息を整えながら、匂いのことは忘れようとする。ないものと思おうとする。感じないようにする。時間をかけて、胸の中の濁った匂いをぜんぶ吐き出す。ようやく息を落ち着けて、私は浅い呼吸を心がけながら周囲を見回す。土砂に埋もれたままの屋根や電柱が、真っ黒な塊として無秩序に散らばっている。その奥には、空に向かって落ちていくような赤い大河がますます明るく見えている。足元の地面からは、その赤に向かってなにかが一斉に移動しているような不気味な地鳴りが、間断なく続いている。

　――こんな場所に、私は一人でいる。なぜか一人きりで立ちつくしている。また、と私は思う。誰かの何かの手違いで、覚めるはずの悪夢からまだ覚められないままでいるような、どうしようもない不安と恐怖が迫り上がってくる。置き去りにされた子供のような気持ちになっている。泥に埋もれて傾いた屋根の形や、不思議にまっすぐ立ったままの塀や、何も映さない真っ黒な窓ガラスに、私は取り囲まれている。目尻にたまっていた涙がふいに溢れ、ミミズの赤色がそんな景色全部に滲んで広がっていく。家に帰れ、と彼は言った。あの子のところへ戻れ、と草太さんはそう言った。

「……千果のところに戻ったって」

私は声に出す。

「九州に戻ったって、家に帰ったって――」

吐き気を催す甘い匂いは、やっぱり今も私を取り囲んでいる。それはもう私の内側に、どうしようもなく既にある。見ないふりができないくらいに、くっきりとした異物としてここにある。肋骨の内側から、ふいに怒りに似た感情が湧きあがってくる。なんでまた。ここまできて。今さら。どうやって。

「どうしようもないじゃない！」

全身から絞り出すように叫び、私は駆け出した。草太さんの消えた暗闇に向かって、闇雲に全力に走る。ローファーが泥を踏み、ガラスを踏み、何かのプラスチックを砕く。一歩走るごとに、恐怖と不安が薄れていく。そうだ、こっちだと私は思う。草太さんのいる方向に走れば、この不安はきっと消える。その逆に走ったら、きっと不安はますます募る。だからいま、私の走る方向は、こっちだ。

暗い坂道を登り切ると、視界が開けた。折り重なった廃屋の先にぽっかりと校庭があり、ミミズが学校らしき建物から噴き出ている。そこに向かって道を下る。無人の家屋の間を駆け抜ける。行く手に校門が見えてくる。学校の右手が山になっていて、そこから崩れた土砂が校庭の右半分を埋めている。私は門を抜け、校庭に駆け込む。土砂に沿って土嚢がずらりと並び、それは百メートルほど先の校舎まで続いている。

「……学校が後ろ戸になってるの⁉」

広い生徒用玄関口から、ミミズが激しい濁流となって噴き出ている。その光の左下に、小さなシルエットがある。両開きの大きなアルミ戸の片側を、小さな子供椅子が懸命に押している。

「草太さん！」

「──鈴芽さん⁉」

私のすぐ頭上を、赤い濁流が流れている。ぬかるんだ地面に、その光がぬらぬらと映っている。

「鍵を……！」

戸を押しながら彼が言う。草太さんの視線の先、私と玄関の中間あたりに、ミミズの光を受けて鈍く輝くものがある。草太さんが首から下げていたはずの、古い鍵だ。半ば泥に埋もれたそれを、私は走りながら右手ですくい取る。そのまま草太さんのところに駆け込む。足元がずるりと滑り、泥の中に横倒しに転んでしまう。でもすぐに体を起こし、草太さんに覆い被さるようにして、私は左手でアルミ戸の端を押した。

「鈴芽さん――君は！」

草太さんも椅子の座面で戸の端を押しながら、私を見上げて怒鳴る。

「死ぬのが怖くないのか⁉」

「怖くない！」

草太さんが息を呑む。でも、私は死ぬことなんて怖くない。もうずっと前から本当に、そんなことは怖くないのだ。左手で押すアルミ戸は、まるでその先に言葉の通じない誰かがいてでたらめな気分で押し戻しているかのように、気味の悪い手応えでガタガタと揺れている。私の右手は地面についていて、鍵を泥ごとぎゅっと握りしめている。

「鍵が――」必死に戸を押しながら草太さんが言う。「濁流に押されて吹き飛んでしまったんだ。俺の手では鍵には届かなくて――助かった、君が来てくれて――」

彼は三本の脚で踏ん張るように、私は左腕に渾身の力を込めて、すこしずつ戸を押していく。ミミズの噴出は徐々に狭まっていく。もうすこし、あとすこしだ。私は懸命に押しながら、ミミズを見上げる。

「ああっ！」

ミミズが赤銅色の花となり、空に大きく開いている。校庭を見ると、地面から無数の金色の糸が生え、上空のミミズに向かって伸びていく。ミミズが地気(ちき)を吸い上げているのだ。空の大輪(たいりん)となったミミズは、地気の重さをその内側にたっぷりと蓄え、地面に向かってゆっくりと倒れ始める。

「鈴芽さん、君が鍵をかけろ！」

私の胸の下で、草太さんが叫んだ。

「え⁉」

「もう時間がない。目を閉じ、ここで暮らしていた人々のことを想え！」

「ええ⁉」

「それで鍵穴が開く！」

「そんなこと言ったって――」

草太さんを見る。彼はまっすぐに戸を睨(にら)んだまま、「頼む！」と切実な声で言う。

「俺には何も出来ないんだ――何も出来なかった、この体では……！　頼む、目を閉じて！」

その言葉の必死さに、私は弾(はじ)かれるようにして目をつむった。でも、何をすれば？

ここにいた人たちのことを想う？　それってどうやって——。

「かつてここにあったはずの景色。ここにいたはずの人々。その感情。それを想って、声を聴くんだ——！」

ここにあったはずの景色——私は思い描こうとする。山に囲まれた学校。陽に輝く広い校庭。玄関の両脇には、私の高校と同じように蛇口の並んだ水飲み場がある。今は泥に埋もれたこの場所で、きっとジャージ姿の生徒たちが水を飲んだりしていたはず。千果。からりとしたあの笑顔。蛇口の水は甘く冷たく、「ようけリセットしんさい」と友達と笑いあう。おはよう。登校時には賑やかだったはずだ。おはよう、おはよう、おはよう。声が聞こえてくる。テストのだるさ、教師の噂話、好きな子への告白のプラン。色が見えてくる。学年別の三色のジャージ。朝日を反射する白いセーラー服。膝上まで詰めた紺色のスカート。第二ボタンまで開けたシャツの眩しさと、こっそりと染めた髪の色たち。

「——かけまくもかしこき日不見の神よ」

あの歌うような不思議な節回しで、草太さんが何かを唱えている。

「遠つ御祖の産土よ。久しく拝領つかまつったこの山河、かしこみかしこみ、謹んで——」

「……！」

　私の右手の中で、鍵が温度を帯びている。青く光っている。青い束のような光が鍵から立ち昇り、アルミ戸に集まっていく。戸の端を押す私の左手のすぐ横に、光の鍵穴のようなものが出来上がっていく。

「──今だ！」

　草太さんが叫ぶ。その声に押されるようにして、私は鍵を光に突き刺す。

「お返し申す──！」

　草太さんのその叫びと同時に、私は反射的に挿し込んだ鍵を回す。ガチャリと何かが締まった手応えがあり、アルミ戸にはめられたガラスが一斉に割れて私たちの背中に降りそそぐ。──と、膨らみきった泡が割れるような音と共に、頭上のミミズが弾け散った。重い雨雲が一斉に吹き飛ばされたかのように、気圧が一気に軽くなる。

　その数瞬後、きらきらと複雑な光を反射する雨が、シャワーで一吹きしたように私たちのいる廃墟（はいきょ）をざーっと洗ったのだった。

「はあ、はあ、はあ……」

　泥の上に座り込んだまま、私は息を整えながら空を見上げた。いつのまにか、いくつもの星が輝いている。気づけば夜の虫が合唱している。あたりには夏草の瑞々しい匂いが満ちている。学校の玄関は、無言のままに朽ちていく静かな廃墟へと戻っていた。

　はは、と草太さんが隣で息を吐いた。

「え？」

「はは……ははは！」

可笑しそうに楽しそうに、草太さんが大声で笑う。カタンと体を動かし、私を見る。

「やったな、鈴芽さん。君は地震を防いだんだ！」

「え……」

地震を防いだ。私が？

「ほんとに……？」

熱い波のような感情がお腹から湧き上がってきて、私の口元を笑顔にしていく。

「……嘘みたい！　やった、出来たっ、やったあっ！」

草太さんも笑っている。彼は体中泥だらけになっている。私の服も、きっと顔も、泥だらけだ。それが何かの証しみたいで、こんなことまでも誇らしくて嬉しくて楽しい。

「ねえ、私たちって凄(すご)くない？」

草太さんにうんと顔を近づけて、私ははしゃいで言う。背板のくぼんだ二つの穴に、その目に、私は草太さんの表情を見る。優しい笑顔がここにあると、はっきりとそう思う。

「すずめ　すごーい」

「え」

幼い子供の声が、横からした。反射的に目をやる。すこし離れた暗闇の校庭に、ぼんやりと白く小さなシルエットがある。黄色い丸い目がこっちを見ている。長い尻尾(しっぽ)をゆったりと振りながら、白猫が口を開く。

「うしろどは　またひらくよ」

「――要石(かなめいし)！」

草太さんがとっさに駆け出す――が、ダイジンの姿はもう闇に消えている。

「……あいつが扉を開けたの？」

震える息で、思わず私は呟(つぶや)いた。草太さんはしばらくの間、猫の消えた先の暗闇をじっと睨んでいた。

あなたのせいで魔法使いに

『──愛媛におると？』

電話口で、環さんの絶句したような声が言った。

『ちょっと──ちょっとちょっと、鈴芽、あんた！』

信じられない、という口調の環さん。その声の後ろには、かすかに電話の音や低い話し声が混じっている。もう夜の九時に近いけれど、環さんはまだ漁協のオフィスにいるのだ。

『あんた昨日、絢ちゃんちに泊まるって言っちょったよね？』

「ええとね、ちょっと思い立ちましてミニ旅行に……」

私は努めて明るい声を出し、えへへ、と笑ってみる。それぜんぜん笑えないんやけど、と冷めた声で環さんが言う。──私には見える。以前に社会科見学で訪れたことのある、漁業協同組合の昭和感溢れる古いビル。その灰色のデスクに座って、スマホを片手に眉にしわを寄せ、頭を抱えている環さんの姿が。

『あんた、明日こそちゃんと帰ってくるっちゃろうね？ 今夜はどこに泊まると？』

「あ、心配しないで！ ちゃんと自分の貯金で泊まれるから！」

『そんげな話しとらん！』

稔ー、飲み会やぞおと、電話の奥で小さく声がする。稔さんの声だ。私には見える。先行っとってください、俺、環さんに声かけていきますんで。漁協の男たちが電話口で怒る環さんを眺めつつ、「鈴芽ちゃんも反抗期かね」とかなんとか無責任に面白がっている姿が。

『とにかく、今夜泊まる場所を教えなさい。ホテル？ それとも旅館？ だいたいあんた、本当に一人やっちゃろうね？ まさか、誰か私の知らん人と一緒におるっちゃないやろう――』

ピッ。私は反射的に通話を切ってしまう。――ああ、私には見える。デスクに飾った小さな頃の私の写真を眺め、大きな溜息をつく環さんの姿が。私も盛大に溜息をつく。いやしかし、このままあの人を放置しておいたら最悪警察に連絡しかねない。なぜ昨日のうちに、もうちょっとちゃんとした言い訳をしておかなかったのか。今日の私に面倒を押しつけたのはどこの誰だ。昨日の私だ。やれやれ、保護者のメンタルケアも子供の役目だわと自身に言い聞かせつつ、私はLINEにメッセージを打った。

電話切っちゃってごめんなさい！　送信。

私は元気です！　送信。

すぐにちゃんと帰りますから！　送信。

心配しなくても大丈夫です！　送信。

猫がペコリと頭を下げている可愛い謝罪スタンプ。送信。

すると間髪を容れず、パパパッと既読が五つ付く。その早さが重い。はあ、とまたげんなりと溜息が出た。

　コンコン！　と前触れなく、すぐ横のドアがノックされた。

「はい！」私は反射的に背筋を伸ばして、ガチャリと薄い木のドアを開ける。と、

「ご夕食お持ちいたしましたぁっ！」

と言いながら、仲居さん姿の千果が、にっこりとお膳を差し出した。

　子供椅子を抱え泥だらけで集落の出口に現れた私に、千果は多くを訊かずにいてくれた。今夜泊まる場所はあるのかと問われ、探していると正直に答えると、あんたラッキーやねえと千果は笑った。

「うち、民宿なんよ。今夜はうちに泊まる運命じゃったんやねえ、鈴芽は」

ジャージが汚れてしまうのも厭わずに、もっとちゃんと掴まりんさいと言ってバイクを走らせる千果の首筋を眺めながら、あんなに暗い場所で一人で待ち続けてくれていた彼女の不安に思い至り、ごめんね、と繰り返し言うことしか私は出来なかった。

そして千果は、今夜こそお風呂をという私の宿願も叶えてくれたのだった。民宿の広い浴場で体中の泥とか汗とかを洗い流し、たっぷりのお湯に体を沈めると、案の定あちこちがめちゃくちゃに沁みた。それが日焼けによるものなのか擦り傷のせいなのか、もはや区別がつかなかった。浴室の端っこで制服を洗わせてもらい、パリッとした薄桃色の浴衣まで貸してもらって、民宿の部屋まで用意してもらってしまった。そのうえ、お膳の夕食まで千果は運んでくれたのだ。

「うわぁ——ありがとう！」

まぶたの奥が熱くなる。同時に痛いくらいの空腹に、私は気づく。

「ねえ鈴芽、うちもこの部屋で一緒に食べてもええ？」

「え、わっ、もちろん！」嬉しい！　あ、でも。「でもごめん、ええと、あの、一瞬、ちょっとだけ待ってて！」

私はドアを閉め、小さな洗面台の置かれた前室を一またぎし、ガラガラと居間の引き戸を開けた。畳の上にちょこんと立っていた草太さんが、私を見上げる。

「どうしよう？」

「二人で食べて」優しい笑みを含ませた声で、草太さんが言う。「腹が減らないみたいなんだ、この体」

そう言いながら八畳ほどの部屋の隅までカタカタと歩き、草太さんは壁を向く。

「大丈夫だよ、遠慮しないで」

笑って言うその声に安心して、私は千果を部屋に招いた。

お皿からはみでそうなくらいの大きなお魚は、太刀魚の塩焼きだそうだ。お箸を入れると皮がパリンと裂ける香ばしい音がして、ふっくらとした白身が湯気を立てた。大きくつまんでお茶碗の上に乗せ、お米と一緒に口に入れる。

「おいっしいぃ……！」

口が勝手に言う。それは本当に、心底おいしい。さっぱりと甘い脂が口いっぱいに広がり、私のすみずみが歓喜していくのが分かる。何を考える間もなく、熱い塊がまた目頭に込み上げる。

「ええっ、鈴芽あんたちょっと、泣いとらん……!?」

「だって、おいしすぎて……」

あははっと面白そうに千果は笑う。私たちは二つのお膳をくっつけて、向かい合って食事をしている。そんなにお腹がすいとったんじゃねえ——感心したように彼女は言う。

「今日はなんか急にお客さんが増えてしもて、ご飯持ってくるのが遅なって、ごめんな？」

「ええっ⁉ いや、もう、とんでもないっす！」千果のあまりの神対応に、思わず敬語が出てしまう。「こっちこそごめんね、泊めてもらっちゃった上に、お風呂に浴衣にご飯まで……！」

「もうええって。これが我が家の通常営業じゃ」

この民宿は家族経営で、お手伝いさんの出入りもあるけれど、基本はご両親と千果と小学生の弟さんの四人だけでまかなっているという。だから今日みたいにお客の多い日は、千果も仲居姿で接客なのだ。午後十時前のこの時間はお客の夕食も一段落して、ようやく一息つけるタイミングなのだという。

お刺身はハマチ。サイドディッシュは里芋のいもたき。具だくさんの白いおみそ汁をすすると上品な甘さがあって、知っている味とずいぶん違う。この味初めてと感動して伝えると、ああ、こっちは麦味噌(みそ)じゃからね、と千果。ああ私は違う土地に来たんだと、今になってしみじみと実感する。

ぴろりん。脇に置いたスマホが鳴った。

「うわ」

手に取って通知の差出人を見て、思わず声が出てしまう。

「誰？」

「叔母(おば)さん。ちょっとごめんね」

断って、私はメッセージを開く。げ。環さんからの長文が画面を埋め尽くしている。

鈴芽、口うるさいと思われたくはないけれどいろいろ考えた末やっぱり鈴芽には分かってもらいたいと思いこれを書いています／最後まで読んでもらえると嬉(うれ)しいです／まず鈴芽に理解してほしいのはあなたはまだ子供、未成年だということです／鈴芽はちゃんとしっかりした子だとは思うけれど一般的にも経済的にも身体的にも十七歳というのはやはりまだ子供です／あなたは未成年であり、色々な考え方はあると思うけれど私はあなたの保護者であり――ぴろりん。

「うわ！」

追伸、私は怒っているわけではありません／ただ混乱して心配しているんです／なぜあなたはそんなそぶりもないままに急に旅行に行こうなんて考えたのですか／なぜ愛媛なのでしょうか／そんな話一度だってしたことはないし私の知っているあなたは必ずしも——。

「はぁぁ」

私はスマホを裏返しにし、封印するみたいにして畳に置いた。明日読もう。

「もおー、早く恋人とか作ってくれないかな、この人」と思わずこぼす。

「え、叔母さんって独身？　いくつなん？」

「四十歳くらいかな——」先々月にお誕生日会をやったっけ、と思い出しつつ私は言う。私がハッピーバースディを歌うと、毎年必ず泣くんだよなー環さん。

「綺麗な人なんだけどね、うん、すごく」

あの涙もろさと、長く美しい環さんの睫毛を私は思い出す。お箸で里芋をつまみ、お茶碗に置く。

「うち、二人暮らしでさ。叔母さんが私の保護者で」ご飯と一緒に里芋を口に入れる。

「え、なんか複雑なん？」

「ううん！」ごくん、と味のしみた里芋を飲み込む。「でももしかしたら、私が叔母さんの大事な時間を奪っちゃってるんじゃないかって、最近ちょっと思うんだよね」

「ええー？」千果がくすくすと笑う。「そりゃ元カレが言うセリフじゃろ！」

「えっ、ほんとだっ！」そうだ、言われてみれば本当にそうだ。気持ちが、なんだかふわっと軽くなる。私も笑って言う。

「いいかげん子離れしてほしいよ！」

「ほんまそれな！」

あ、しまった、草太さんにぜんぶ聞かれてた――私が今さらにそう気づいて汗ばんでしまったのは、デザートのみかんゼリーを食べ終えたときだった。


夕食後は千果と一緒に台所に行き、泊めていただくお礼をご家族に伝えた（これが我が家の通常営業じゃけんと、千果とよく似たご両親は笑った）。私は千果の仕事を手伝って大量のお皿を洗い、浴場をデッキブラシでごしごしとこすった。作業中に「鈴芽は男の子と付き合うたことある？」と千果に訊かれ、一度もないと素直に答えると、それがええそれがええ、男子なんかろくなもんじゃないけんのぉと千果は嬉しそうに愚痴を言った。千果には付き合い始めたばかりの彼氏がいて、自分はＬＩＮＥの返信もろくにしないくせに焼きもちばかり焼いてくるのだとか、何かと言えば二人きりになれる場所に行きたいと主張し実際このあたりは人目のない場所ばかりだから困っちゃうのだとか、そんな悩みを千果は楽しそうに話すのだった。仕事を終えるとお母さんが入れてくれたアイスハーブティーを皆で飲み、私たちはそこでもたくさん笑って、部屋に並べて敷いた布団に入った頃には深夜の二時に近かった。

「――今日は鈴芽のおかげで、久しぶりに行ったわ、あの場所」

息が多めに含まれた声で、ふと思い出したように千果が言った。

「え？」

「うちの通ってた中学校、あの場所にあったの」

あの廃墟（はいきょ）の学校のことだ。鼓動がとくんと勝手に跳ねた。静かな声で千果が続ける。

「何年か前の土砂崩れで、集落ごと棄てられてしもたけど」

「……」

「なあ、鈴芽」優しい声。でも、思い切ったような決心を含んだ声。

「あないに泥だらけになって、あそこで何しとったの？　あんたが持っとるあの椅子は、なあに？――なあ」

天井を見ていた千果が、私を見る。

「あんたって、なにもん？」

「あ……」

部屋の電気は消えている。枕元に置かれた行燈（あんどん）の和紙を透かした弱い光が、千果の大きな瞳（ひとみ）に黄色く映っている。私の後ろの壁には、草太さんが子供椅子としてじっと立っている。その存在を背中で感じながら、私は言葉を探す。

「あの椅子は——お母さんの形見なんだ。でも今は……」

何を言えばいいのだろう。何が言えるのだろう。嘘はつきたくない。でも。

「……ごめん、上手（うま）く言えない」

たっぷり考えて、それでも言葉は出てこないのだった。黙って私を見ていた千果の表情が、ふいにゆるむ。ふうっと息を吐く。

「……鈴芽は魔法使いじゃけんのう、秘密ばっかじゃ」

冗談めかしてそう言って、千果はまた仰向（あおむ）けに寝転ぶ。目をつむり、優しい口元で言う。

「でもなぜじゃろか——あんたはなんか、大事なことをしとるような気がするよ」

「……！」

私はふいに泣きそうになる。じっとしていられなくて、布団から体を起こす。

「ありがとう、千果。うん、そうだ、きっと大事なことをしてる。私もそう思うよ！」

後ろの壁にいる草太さんに、私はそう伝える。あなたは大事なことをしてる。誰にも知られぬまま、誰にも見えないものと戦っている。あの廃墟でドアを閉めようと孤独に戦っていたあの姿を、私は思い出す。たった一日前のことなのに、もうずっと昔のことのよう。あれから私は海を渡り、あなたのせいで魔法使いに間違えられて、でもあなたのおかげで、私にもとても大事なことが出来たのだ。

なあに、自画自賛しとる！　と千果が可笑(おか)しそうに笑い、私たちは今日出会ってからずっとそうしてきたように、また一緒になって笑った。

三日目

海峡を渡る

「寝起きの悪い人っているよね……」

千果(ちか)に借りたヘアブラシで寝癖を梳(と)かしながら、私は溜息(ためいき)まじりの愚痴を言う。

「え、誰？　彼氏？」

「彼氏なんていないってば！　一般論」

千果のようなさっぱりとしたショートカットに憧(あこが)れたりもするのだけれど、小さな時にお母さんに髪を褒められた記憶がなんとなく邪魔をして、私はなかなか思い切って髪を切れない。

「そういう時はなあ――」隣で歯を磨いていた千果はぶくぶくと口をゆすぎ、「キスしたら起きるで！」と得意顔になる。何でも惚気に回収できるんだなと、私は呆れるよりちょっと感心してしまう。

学校行く準備せにゃシャワー浴びにゃ鈴芽は朝ごはん食べといで！　と千果に言われ、食堂でまたしても立派な朝食をご馳走になっていたところで、一緒に食事をしていた弟くんが驚いたような声を上げた。

「なあ、見てみて！　こいつすごいわい！」

そう言われて朝の情報番組を映したテレビに目をやり、私はご飯と息を同時に飲み込んだ。画面には「明石海峡大橋に猫！」というテロップと、白い巨大な吊り橋が映っている。そこにカメラがぐいーっとズームしていく。橋に架けられた太いケーブルの上を軽快に歩いているのは、白い仔猫である。無害なほんわかニュースですよーという声色でレポーターが言う。

『この猫ちゃん、どこから入り込んだのか、堂々と吊り橋を歩いています！　SNSではドライブレコーダーに偶然映った姿も話題となっており――』

「草太さん、ちょっと、ダイジンが！」

部屋に駆け戻った私は、子供椅子を手に持ち、ぶんぶんと上下に振る。

「ねえちょっと、いい加減起きてよぉ！」

今朝も昨日と同様、何度声をかけても体温と小さな寝息を返すだけで、草太さんはぜんぜん起きてくれなかったのだ。振る。振り回す。叩く。畳に置いて手を離す。椅子は無機物のようにコトンと倒れてしまう。だめだ。

「もおぉーっ！」

——キスしたら起きるで。ふと、千果の得意げな声が蘇った。もしかして、と私は思う。あれはもしかして惚気ではなく、Ｔｉｐｓ的な何かではないのか。無知な私が知らなかっただけで、人を眠りから覚ますための現実的な小技だったりするのではないか。私は両手で椅子の座面を摑み、草太さんの顔に——顔としての背板に——唇を近づける。近づけながら、初めてだ、と思う。ゆっくりと目をつむる。初めての、私のキスが——。

「……ていうか、口がないじゃん」

ぱちりと目を開けて呟いた。いやＴｉｐｓなわけないじゃん。

「鈴芽さん？」

唐突に、草太さんが喋った。私は顔を離し、草太さんはカタカタと二歩下がる。

「おはよう。……どうかした？」

涼しい声で彼が言い、急な熱風に吹かれたみたいに私の頬が熱くなる。

「……どうかした、じゃないよ！」

私は乱暴にスマホを操作する。

「ほらこれ見てよ！　ダイジンっ！　こいつ一体なにがしたいのよ！」

軽やかな足どりで吊り橋を渡る猫を、寝起きの悪い子供椅子がじっと見る。もう朝っぱらからなんなのよこの現象！　私の腹立ちをなだめるみたいに、草太さんの冷静な声が言う。

「気まぐれは神の本質だからな……」

「かみ？」

「明石海峡大橋を渡った先は、神戸だ。俺たちも早く――」

「鈴芽ー、そろそろ出るんじゃろお？」

ドアがノックされ、部屋の外から千果の声がした。

「もう着替えてしもたー？」

うん、うちが着るよりずっと似合っとる！　千果はそう言って、出会った時と同じように私の姿を上から下までさっと眺めた。私はベージュのキュロットパンツをはいていて、上半身は白いTシャツにだぼっとしたデニムジャケット。子供椅子は、洗濯した制服と一緒に肩掛けの大きなスポーツバッグの中にすっぽりと収まっている。ちなみに寝癖がどうにもならなかった髪は、今日は一房(ひとふさ)の三つ編みにまとめて片方の肩から前に垂らしている。うんうんと満足そうに、千果が頷(うなず)く。

「制服姿で椅子だけ持っとったら、目立つけんね。服もバッグも、鈴芽にあげる」

「千果……」どこまでも自然でさらりとした彼女の親切に、鼻の奥がつんとする。

「私、どうやってお礼したらいいのか……」

「そんなんいいから、また会いに来て」

セーラー服姿の千果はそう言って、民宿の玄関口で私をハグする。

「うん、絶対来る……！」

私は洟(はな)をすすりながら、すっかり親友のようになった彼女を強く抱き返す。胸のすくような柑橘(かんきつ)系の匂いが服からふいに香り、あ、千果の匂いだと切なくなったのは、彼女と別れて小一時間も歩いた頃だった。

＊　＊　＊

「バスで行けないだろうか」と空を見上げて困り果てた声で草太さんが言い、
「……六時間後だよ、次のバス」と、壁に貼られた色褪(いろあ)せた時刻表を見て、私は答えた。ばしゃしゃっ！　と大きな水音がして、見上げるとトタン屋根に溜(た)まっていたとおぼしき葉群れが水に押し流されて落ちてくる。私たちは濃い水の匂いに包まれて、薄暗い小さなバス停小屋から絶望的な気分で雨を眺めている。

千果と別れて山を降り、それなりに車通りのある道に出て、私たちはまずはヒッチハイクを試みることにした。スマホで確認すると電車の駅はずいぶんと遠かったし、目的地である神戸への最短ルートはやはり車だったからだ。赤い彼岸花(ひがんばな)が群生する田んぼ沿いの道に立ち、私はやってくる車に向かっておそるおそる親指を立てた。「鈴芽さん、もっと強い意志を示さないと。手を大きく振るとかさ」と、五台ほどに無視されたあたりでバッグの中から草太さんに言われ、「椅子がやったら驚いて止まってくれるんじゃない？」と不毛な言い合いをして、しかし考えてみたら私みたいなどう見ても十代の女子に停車する車があったとしたら、それはもしかして乗ってはいけない車なのではなかろうかと考え始めたところで、空が光って大雨が降り始め、私たちは近くのバス停に駆け込んだのだった。

「——鈴芽さん」

アマガエルの合唱って、雨を喜んでいるみたいなはっきりとした感情があるんだな。そんなことを思いつつバス停のベンチでうとうとと眠気に包まれていると、草太さんが静かな声で私に言った。まるで雨音に遠慮しているかのような、密(ひそ)やかな声だった。

「なあに？」

「……この椅子は、君のお母さんの形見なのか？」

「あ……うん」

車が濡(ぬ)れた道路を走るシャーッという間延びした音が、蛙の鳴き声に差し込まれる。バス停の前の県道は時々車通りがあるけれど、外を歩く人の姿はまったくない。

「なぜ、脚が三本しかないの？」

「ああ……小さい頃のことだから、あんまり覚えていないんだけど——」遠い記憶を探す手触りって、誰かの夢の中にいるみたいだとふと思う。世界がすこしだけ違うルールに支配されていて、上手(うま)く前に進めない。

「昔、まだ保育園くらいの時にこの椅子をなくしちゃったことがあって……。あちこち探して……確か……見つけた時には、脚が一本欠けちゃってたの」

「それって――」

草太さんの声を遮るように、近づいてくる車の音がふいにした。さっき通り過ぎた車が、同じ車線をバックで戻ってくるような奇妙な響き。小屋から身を乗りだそうとする子供椅子を慌てて持ち上げた直後、青いミニバンが本当にバックで下がってきて、ハザードランプを点滅させながら私たちの前に停まった。雨空を映したサイドウィンドウが、小さな音を立ててすーっと下がっていく。

「あんた、どこまで行くん？」

運転席でそう言ったのは、薄い色のサングラスをかけて栗色の髪をゆったりと巻いた、女性だった。「そんなとこに座ってたって、バスなんか来おへんよ」

車の中って、それぞれの家の匂いがする。ルミ、と名乗ったその人の車には、夜の街灯りみたいな大人っぽい香水と、焼き菓子の甘く懐かしいような匂いがうっすらと漂っていた。私は唐突に知らない人の家に迷い込んでしまったかのような落ちつかなさで、淡く発光するような雨の風景を眺め、フロントガラスを滑って流れる雨粒を眺め、ハンドルに置かれた白くふくよかな指をこっそりと眺め、またフロントガラスの雨粒に目を戻した。とっくに廃線になったバス停に座っとったら気になるやんか、と彼女は言った。

「それにしても、ええねえ一人旅なんて。神戸は市内までででええの？」

「あ、はい！」緊張で声が裏返ってしまう。

「鈴芽ちゃん、やったよね？」

「はい！」

「うちはチビたちを松山のおばあちゃんに会わせてきた帰りでね——」

そう言って、彼女はバックミラーをちらりと見上げる。鏡には、後部座席の二つのチャイルドシートと、それぞれにちょこんと収まった二人の子供が映っている。年格好も顔もそっくりで、やけに真剣な表情で眠っている。

「双子。四歳。花(はな)と空(そら)」

「わあ……双子ですか」

「やんちゃやから、毎日戦争よ」と彼女は笑う。「でね、うちも神戸に帰るとこやから、あんた運がええわ」

「はい！　助かります」

頭を深く下げると、ふふ、と彼女が可笑(おか)しそうな声を出した。

「そんなに緊張せんと、リラックスしてな。とって喰(く)ったりせえへんよ」

薄いサングラスの奥で優しそうに細められたその瞳を見て、私は胸につかえた息をこっそりと吐いた。運転する姿を、あらためてちらりと盗み見る。ゆったりとした芥子色のフレアスリーブから覗く肌は日焼けとは無縁そうに白く、全身が柔らかそうに丸みを帯びている。首と手首に巻いた細い金色のアクセサリーが、その白さと丸みにとてもよく似合っている。なんだか色っぽい人だなと、声に出さずに私は思う。環さんよりはちょっと下だろうか。艶っぽいのに、どっしりと頼もしい感じもして——と、後ろからジーッと音がして、私は振り返った。

「——！」

チャイルドシートに挟まれる形で置かれた私のバッグの（それ後ろに置いときとルミさんに言われたのだ）、そのファスナーを、いつの間にか目を覚ました双子がおもむろに開けている。バッグがぱっくりと開き、椅子の顔が無防備に露出する。

「ママぁ、なんかあるー！」

「なんかあるー！」

双子が両側から草太さんの顔をぺたぺたと触りながら、声を上げる。ひえー、私は胸の中で悲鳴を上げる。草太さんはされるがままに左右に揺れている。

「こらっ！」ベビーミラーを睨んでルミさんが怒鳴る。

「お姉ちゃんの荷物にさ・わ・ら・な・いっ！」

「はーい」と条件反射的な即答。ごめんなあとルミさんが私に言い、あ、いえ、ぜんぜん大丈夫ですと私はぎこちなく笑顔を作る。後ろを見ると、顔が椅子にくっつくくらいの至近距離で双子は草太さんを凝視している。ひえー。

「……いやや、この子ら、なんかめっちゃ見とる」

「あ、あのぉ、ただの子供椅子なんですけど……」

「ああ、そう……」ルミさんは私を見て、ミラーを見る。「やっぱ、めっちゃ見とる……」

　耐えてね草太さん、と、案の定すぐにまた椅子をいじりまわしている双子を眺めながら、私は心の中でエールを送った。

　車は山間の高速道路をひた走り、いくつかのトンネルを抜け、いくつかの橋を渡る。空は次第に明るくなり、また暗くなり、雨は時に霧雨になり、また強くなる。気づけば双子はまたぐっすりと眠り込んでいる。ＳＮＳを繰り返しチェックしても、ダイジンのその後の足どりはまだ投稿されていない。やがて緑を切りひらくようにして、遠くに吊り橋型の大鳴門橋が見えてくる。海面は白い霧に覆われていて、まるで空中に架けられたような橋の上を車は滑るように進んでいく。淡路島に入り、再び山とトンネルの景色がひたすらに続く。やがて雲間から幾筋も光が差し込み始め、周囲の緑が輝き出す。そして遂に、今朝テレビで見たあの巨大な橋に車は差しかかる。陽を浴びて輝く明石海峡大橋の尖塔（せんとう）の巨大さに、いっとき私は見とれる。海もたっぷりと陽射しを浴び、どこまでも続く真っ青な絨毯（じゅうたん）のようだ。私はマップを開く。四国を過ぎ、神戸市は目と鼻の先である。昨日からの移動ログを表示すると、日本列島の１／３が見えるほどまで地図がズームアウトして、自宅から５８８㎞と出る。家から離れ続けているという寄る辺のない不安さと、これほどの距離を自分で来たのだという昂奮（こうふん）が入り交じり、私の心臓は速くなっていく。まるでゲームのステージが切り替わるかのように、橋の向こうにはびっしりと建物に覆われた土地が広がっている。

「こらあ、こぼさんように気ぃつけや！」

市内のドライブスルーでハンバーガーを買い、私たちは駐車場に停めた車の中で遅い昼食を食べることにする。

「ほらあんたたち、椅子汚したらあかんよ！」

「分かった！」「知ってる！」

ルミさんの小言に対し、後部座席の双子たちはいつでも喰い気味に即答をする。私は助手席でハンバーガーをかじりながら、はらはらと行く末を見守る。もはやすっかり双子のテーブル代わりになってしまった草太さんの上に、双子は案の定バンズのくずをこぼし、マヨネーズの付いたレタスを落とし、脂ぎったフライドポテトをばらまく。オレンジジュースのたっぷり入った紙コップを、お姉ちゃんが投げるように椅子に置く。ひえー倒れちゃう！　と思ったその瞬間、子供椅子がカタンとバランスを取るように動き、紙コップはこぼれずに安定する。

「――なっ」

何してるのよ草太さん！　私は心の中で思わず叫ぶ。双子が不審そうに椅子を凝視し、今度は弟くんが、同じようにジュースの入った紙コップを落とす。椅子が跳ねるようにカタンと動く。コップは軽くバウンドするようにして半円を描き、倒れずに安定する。双子はますます怪訝そうな顔で椅子を見る。草太さんはしれっと沈黙している。ひえー、なに遊んじゃってるのよこの人は！

「あれ、気づかんかったわ」

ふいに隣の運転席でルミさんが言う。

「え？」

「こっから見えたんや、あの遊園地」

「遊園地、ですか」

「うん、あの山んとこ」

彼女の視線を追うと、ビルと電線の向こうの山肌に、小さく観覧車のシルエットが見えている。その小さな曲線は、どことなく華やかに垢抜けた神戸の街並みによく似合っている。

「あそこが開園した頃はほんまに賑やかでねえ。うちも小さい頃はよう連れてってもろたんやけどなあ——」

ハンバーガーを一口かじり、ルミさんは目を細めて言う。

「だんだんとお客が減って十年くらい前に閉園してもうて、撤去の費用もないみたいで今は野ざらし。こないなふうに街のあちこちから見えるから、そのたびになんやちょっと切なくなるんよねえ」

そう言ってルミさんは紙コップのコーラを飲み、最近そういう寂しい場所が増えたよねえと、独り言のように小さく言った。寂しい場所。口の中でその言葉を繰り返す。この六百キロの道のりで、私が目にしてきたものもそういう場所ではなかったか、とふと思う。

——ぴろりん。スマホが鳴り、しまった環さん！　と反射的に思ったけれどそれはルミさんの携帯だった。ハンドル横のホルダーに固定されたスマホを操作して、「ええっ、かなわんなあ！」とルミさんが困ったような声を上げる。

「どうかしたんですか？」

「この子たちを預ける予定の託児所がな、急な発熱者が出たとかで今日はお休みになるみたいで――こらっ！」

突然に、ルミさんがベビーミラーに怒鳴る。

「わっ！」

草太さんの上にハンバーガーの空き箱や紙コップやプラ容器なんかをジェンガのように積み上げていた双子が、慌てて居住まいを正す。まったく――と、ルミさんが溜息をつきながらスマホに向き直る。

「……うちは店を開けなあかんし、誰かこの子らの面倒を見てくれる人を探さんとぉ……。――ああ！」

閃いた！という顔でルミさんは私を見る。

「え？――ええっ！」

と、私は自分を指差した。

思い出は四人で

「えーとえーと、じゃあ、何して遊びましょうか？」

「お料理！」

「カレー作る！」

双子——お姉ちゃんの花ちゃんと、弟の空くんは、私が言い終わらないうちに即答する。楽しいことはもうぜんぶ分かっていて、私たちはそれをこれから順番に遂行していくのです。そんなふうに宣言されているような気分になる。古いアーケード街の隅にルミさんの家はあり、私たちは二階の子供部屋にいる。ルミさんは階下の店舗で開店の準備中である。双子は慣れた手つきでプラスチックの野菜をテーブルに並べ、プラスチックの包丁を握りしめる。よーい、と花ちゃんが言う。

「どん！」

ずばばばば、ともものすごい勢いで二人は野菜を切っていく。おもちゃの野菜は断面がマジックテープになっていて、包丁で切り離されるたびに弾け飛び、ぽんぽんと私の顔に当たる。ひえーと私は必死にガードする。さあカレーが出来ました！　と空くん。

「いただきまーす！」

二人が揃ってガチン、とプラスチックの野菜に噛みつく。わああ、食べちゃだめ！　私は必死に止める。

「じゃあ次はこれっ！」ここまでは終了ですとばかりに、花ちゃんがさっと私にボックスティッシュを手渡す。

「え？」

「先にからっぽにした人が勝ちな！　よーい――」

どん！　のかけ声で、双子はそれぞれのティッシュをばばばばっと箱から抜いていく。巨大なクラッカーから飛び出た紙吹雪みたいに、白いティッシュペーパーが部屋中を飛び交う。ひえー。

「だ、だめだよー！」と私は必死に止める。

部屋中に散らばった未使用のティッシュを拾い集め、とにかく元に戻さねばと一枚一枚折りたたんでいる私の背中に、ぽん、と花ちゃんが手を置いて言う。

「お姉ちゃんが富士山な！」

「え？」私は部屋の中央に立たされる。よーい、と空くんが言う。嫌な予感。

「どん！」

どどどどっと二人が私に突進し、私の体を山に見立ててよじ登ってくる。花ちゃんが私の腰骨を足場にし、空くんが右肩に手を掛け、負けじと花ちゃんが左肩に足を乗せ、二人が同時に私の頭を摑む。ひえー。倒れまいと必死にふんばる私の両肩に、二人は誇らしげに立ち上がる。

「はあ、はあ、はあ……」

もはや息も絶え絶えに両手両足をがっくりと床についてしまっている私の周囲を、双子は「待ち待ちーっ！」と永久機関のようなきりのなさで回り続けている。

「私、子供って無理かも……」

思わず声が漏れ、その直後に一人が私の背中を跳び箱にしてジャンプをし、追いかけた一人が踏み台にして背を踏んだ。ぐうっとつぶれた声が出る。

「――仕方がない」

と、ふいに頭上から声。驚いて見上げると、机に置いていたスポーツバッグがもぞもぞと動き、カタン、と子供椅子が床に飛び降りた。

「――!」

ぴたり、と双子が止まる。床に直立した子供椅子を、目を丸くしてじっと見つめている。

「……なっ! ちょっ、草――」

何ちょっと草太さん何のつもり!? と発音できないくらい動揺している私の目の前で、カタンカタンと草太さんはおもむろに歩き出した。

「ほ……ほら、すごいでしょーっ! 良く出来たオモチャなんだよー!」

私はやけくそに声を上げる。草太さんは花ちゃんの前で止まり、まるでおとぎ話に出てくる忠実な白馬みたいに、無言で脚を曲げて座面を傾けた。吸い寄せられるように花ちゃんが椅子に座る。と、ひひーんとばかりに前脚を大袈裟に振り上げて、花ちゃんを乗せた子供椅子は行進を始めた。一瞬後、ぎゃはははーっと弾けるような歓声が、双子の口から溢れ出た。

「ねえつぎ、つぎ僕もっ!」

花ちゃんを追いかけて空くんが言う。子供椅子は双子を交互に乗せながら、部屋中をカタンカタンと歩き回る。これ以上ないというくらい楽しそうな叫び声を二人は上げ続ける。もしかして――と私は思う。草太さんって子供好きなのかな。リズミカルに行進する姿を眺めながら、私の気持ちも吊り上げられるように浮きたっていく。

「ね、草太さん、つぎ私も！」

「君はだめ！」

「しゃべった！」

しまった——私たちは黙り込む。立ち止まった椅子から、花ちゃんがおそるおそる離れていく。やばい。私は必死に言葉を探す。

「え、えーと、す、すごいでしょー！　最新ＡＩ搭載の椅子型ロボット……です？」

いやしかし無理があるか。言いながら語尾がすぼんでしまう。が、

「おなまえはっ？」

と瞳を輝かせて花ちゃんが私に訊いた。

「へ？　あ、そ、ソウタ……」

「ソウタ！　わあー！」

ＡＩなら知ってる！　とばかりに双子は四つん這いになって椅子ににじり寄る。

「ソウタ、明日のてんきは？」

「ソウタ、おんがくかけて？」

「ソウタ、しりとりしよう？」

「ソウタ、今日のかぶかは？」

ヘイＳｉｒｉ！　とばかりに我先にリクエストをし続ける双子に、私は慌てて言う。

「あのっ、ソウタ、そんなに賢くないから！」

「なんだと鈴芽さん！」

カタカタと草太さんが私にくってかかり、「またしゃべったーっ！」と双子が叫ぶ。

気づけば子供部屋の外はすっかり暗くなっている。何年かしてこの子たちが大きくなったら——部屋中を転がり回るようにして遊ぶ双子と椅子を見ながら、私は思う。今日のこの出来事は、どんなふうに記憶されるんだろう。私くらいの年齢になった時、この子たちは今日のことをどのように思い出すのだろう。子供時代の良くある妄想。あるいは、今となっては説明のしようのない奇妙な現象。幼い記憶はいつの日か、淡く曖昧な夢のようなものに変わっていくのだろう。でもそれがどういう形であれ——今日のこの出来事がこの子たちにとって、誰かと四人で遊んだ思い出として残ればいいなと、私は思った。

❖

❖

❖

これはしばらく後になってから知ったことだけれど——環さんが私を追って神戸に（最終的には東京に）行くことを決めたのは、私がちょうど双子の子守りをしていた頃だったそうだ。

「……家出ですか」と、その日、担当の漁師の家を回ってから漁協のオフィスへと戻る車の中で、運転席の稔さんが呟いた。二日前から元気のない環さんをちらりと横目で見て、励ますように明るい口調を作って彼は言った。

「やけど、ワシもガキの頃覚えがありますよ。そんくらいの年頃って、ほら、町や親元をなんか窮屈に感じちょったもんやないですか？　そやから——」

「君の話と一緒にせんでくれん？」

環さんは冷たい声で稔さんを遮る。稔さんは無精髭の口元に笑顔の形を貼りつかせたまま、「ですよね……」と小さな声で謝るように言った。かわいそうに、未だに環さんとの付き合い方が分かっていないのだ。こと私との関係性については、環さんは地雷だらけだ。はあっ——ぶつけるように大きな溜息をつく環さん。私に送ったＬＩＮＥのメッセージは、いつまで経っても既読が付かない。独り言としては大きな声で、愚痴としては相手への気遣いが欠けた態度で、環さんは言う。

「――あの子、どこに行くつもりなんか、何が不満なんか、なんべん訊いてもはぐらかすばっかで……今夜泊まる場所だってぜんぜん教えてくれんし」

「あの、スマホのGPSとかは」

「え？」

「ええと、若いカップルなんかがよく使っちょるような、お互いの居場所が分かるアプリとか」

「そんなん入れちょらん」

「それじゃあ――」稔さんはあれこれと考える。彼の環さんへの想いは、環さん以外のたいていの人が気づいている。「あ、口座は見れんとですか？　鈴芽ちゃんのスマホからの支払いに紐付けとる……今どきはなんでんスマホで払いますよね？」

港沿いの駐車場に車を入れ、サイドブレーキを上げてから、稔さんはずっとスマホを操作していた環さんに尋ねてみる。

「……どんげですか？」

「あの子、神戸に行っちょる」

白く発光する画面をじっと見たまま、環さんが言う。そこには、私が三日間で使ったお金の明細が表示されている。フェリーのチケット、自販機で買った菓子パン、愛媛のいくつもの駅での切符代や、神戸市内でのハンバーガー。稔さんの余計な一言のおかげで、私の行動履歴は筒抜けになってしまったのだ。

「神戸！　そりゃあ、ずいぶん遠かですね……」

「これ以上一人にはさせられん」

環さんが決心したように呟く。港の青白い街灯に縁取られたその整った横顔に、稔さんは思いきって告白するような気持ちで（無駄なのに）口を開く。

「あ、あの、環さん！　他にもなんでん、ワシに出来ることがあれば――」

「稔くん」

「はい！」

「私、明日からちょっと仕事休むわ。忙しいところ悪いっちゃけど、仕事、二、三日フォローしといてもらえる？」

「え……じゃあ、ワシも一緒に休もうかな……」

「なんでよ？」と、ようやく環さんはスマホから目を離し、稔さんを睨む。

「それじゃ意味がないとよ。あんたは出勤せんね」

「ですよね……」と、稔さんはしょぼくれて言う。私から見ればこの時の稔さんは空回りのくせに私の邪魔をする冴えないおじさんだけど（あんげな美人に睨まれるとゾクゾクするくらい怖いっちゃわ、と嬉しそうに言っていた。ちょっとやばい）、でもどんな時にでも環さんの幸せを願ってくれているというその一点において、やっぱり応援したくなる人なのだった。

「鈴芽ちゃーん、ちょっと来てくれんー？」

大声でそう呼ばれて階段を降りると、ルミさんがバックヤードの狭い台所で私を待っていた。真っ赤なドレス姿で、髪を巻いてうなじを出し、白い肌にほんのり花が咲くようなメイクは睫毛もばっちりと上げられていて、唇にはつやつやの濃いグロスがたっぷりと塗られていた。

「わっ、ルミさんすごく綺麗！」

思わず口を開けて見とれてしまう。

「ふふっ、別人やろ？」とルミさんは嬉しそうに笑い、上を指差して「チビたち、平気？」と言う。

「はい、ずいぶん遊んで、今はぐっすり眠ってます」

草太さんを両側からがっしりホールドしたまま、双子は子供部屋ですやすやと寝息を立てている。

「じゃあ鈴芽ちゃん、ちょっとこっち手伝ってくれへん？」

こないに混むなんて滅多にないんやけどなあと呟きつつ、ルミさんはカーテンの向こうに戻っていく。私は慌てて追いかける。

「——うわあ！」

二十畳ほどの店内は、お客さんでぎっしりと埋まっていた。カウンターでは初老のおじさんグループが談笑し、二つあるテーブル席では会社帰りらしい男女が賑やかに乾杯し、お店の真ん中にあるソファー席のグループでは、ネクタイをだらりと緩めたおじさんが見事な赤ら顔でカラオケを歌い上げている。天井ではミラーボールがきらきらと回転し、あちこちにカラフルな軌跡を投げている。生まれて初めて見る、いわゆるスナックの光景だった。ルミさんは、商店街の隅にあるこのお店のオーナーママなのであった。

「え、ママぁ、この子がヘルプ⁉」

「そうそう！」

「ええっ⁉」

ルミさんは無責任にもお客さんのもとへといそいそと駆けていき、カウンターに一人残された黒髪ワンレンロングの青いドレスのお姉さんが、心底不安そうな目で私を見る。私は当然ノーメイクで、千果にもらったキュロットパンツに色褪せたデニムジャケット——ザ・平均的十代女子・休日編といったいでたちである。

「……あんた、客席には出なくてええから」

「……はい」

そう言ってはもらえたものの、未だにアルバイト経験の一つもない私にとって、そこからのお手伝いはまさに目が回るような忙しさだった。入れ替わり立ち替わりする満員のお客さんに対して、店員はルミさんと黒髪のお姉さんと私の三人だけだった。

私はすぐに足りなくなるグラスとお皿を必死で洗い、おつまみセットのツナピコとさきイカをひたすらにお皿に盛りまくり、タオルウォーマーから取り出したおしぼりの熱さに火傷をしそうになり、ワイングラス取って！　と言われてもグラスの区別がつかず、ほとんど半泣きになりながらバックヤードとカウンターの間の三メートルを数え切れないくらい行き来した。まるでいきなり洗濯機に放り込まれてぐるぐると回り続けているみたいだった。その間、たくさんのお客さんがたくさんの歌を歌い、その一曲も私は知らなかった。どれもおそらくは昭和歌謡で、見つめ合う視線のレーザービームで夜空に恋模様を描き……という曲には「どういう恋!?」と驚き、オラこんな村やだ東京へ行くだ東京でベコ飼うだという歌には「どういう意味？」と首を傾げ、飲み過ぎたのはあなたのせいよという歌詞には、しかしそれはちょっと自己防衛が足りないのではと思わされた。そもそもスナックがどういう場所なのかも私はよくは知らなくて、しかしルミさんのお店に出入りし大声を張り上げているお客さんたちは皆、心底から楽しそうなのだった。

「なんやあ、えらい若い子がおるやん」

カウンターの端っこでせっせとおしぼりを畳んでいると、ヒョウ柄のブラウスを着たおばさんが私に声をかけた。

「おばさんと一緒に飲もうや！」

「それよりおじさんとデュエットせえへん？」

スキンヘッドのおじさんが隣から割り込み、あんたまた若い子に！　いやそやかてグへへと、なんだか夫婦漫才めいたやりとりをしている。これはちょっと色々とまずいのではと返答に迷っていると、フロアから黒髪のお姉さんがグラス片手に颯爽と歩いてきて、あら嬉し、ご馳走になりまーすと言ってカチンカチンとグラスを合わせた。

「うわミキちゃん強引。あんたにはかなわんなあ」

「まあミキちゃんでもええか」

「ええかって何ですか、ボトル入れちゃいますよ」

そう言って笑いつつ、このお店の唯一のバイト女子であるミキさんは私にウィンクを投げた。助けてくれたのだ、とすこし経ってから私は気づく。大人たちの社交の緩やかなルールめいたものが、私にもすこしずつ見えてくる。酔って、歌って、大声でうさを晴らして、無神経なふりをしながらも誰かが誰かのことを思いやっていて——ああ、なんだか好きな場所かもと、ゆっくりと私は思う。

「——よっ、お大尽！」

ふいに、奥のソファー席から拍手が湧きたった。ご馳走になりまーす！　と嬉しそうな男女の声が飛び交う。私はなにげなく目をやり、——え、と目を疑った。

「大尽太っ腹！」「さっすが大尽、ごちになります！」

わいわいと盛り上がるその場の中心にちょこんと座っているのは——あのダイジン、白い仔猫だった。ダイジン先輩は飲まへんのですか？　とか、ダイジン社長はさすがに景気がええねえとか、皆が口々に猫に話しかけている。嘘でしょぉ、と思わず口に出る。

「あ、あの、すみません」私はカウンターに座っているミキさんに近づき、耳元に口を寄せる。「ミキさん、あの席に――」猫がいますよね、という気持ちで私は言う。

「え？」ミキさんは振り返り、私の視線を追う。

「ああ、初めての人やね」

「ひっ――ひと？」

思わず繰り返してしまう。ミキさんは笑顔で言う。

「物静かな方やけど、常連さんともすぐ仲良うなられて。羽振りがええのになんだか品もあって」

「え……え、えーとえーと、なんかちょっと――猫、っぽくないですか……？」

おそるおそる口に出してみる。ダイジンはソファー席の中心で、いかにも猫らしく片脚を上げて股間を舐めている。

「猫？　そお？」ミキさんはうっすらと頬を染め、見とれたような顔で言う。

「シブめで素敵やない！」

ひえー、いったいどう見えてるのよ股間の毛繕いしてるのよあの猫！

「――あ！」

ダイジンが顔を上げ、私と眼が合った。お互いに一瞬固まる。と、カランとベルを鳴らしながらスナックのドアが開き、ダイジンが弾かれたように立ち上がった。いらっしゃーいとルミさんが歌うように声を上げ、新しいお客さんと入れ替わりに、白猫はドアの外に駆け出ていく。

「あ、あの、すみません、私ちょっと！」

「え、鈴芽ちゃん？」

ごめんなさい！ と言いながら私も店外に走り出た。店の前に立ち、薄暗い商店街を見回す。暗がりの路地の一本を、白いシルエットがちょこちょこと早足で遠ざかっていく。

「草太さん！」

スナックの二階を見上げて、私は叫ぶ。

「ダイジンが！」

子供部屋の窓から草太さんが慌てたように顔を出し、私はダイジンを見失わないように、草太さんを待たずに路地に駆け込んだ。人通りがなく灯りも消えた古いアーケード街はなんだか異国めいていて、知らない夢の中を走っているような気分に、私はふいになる。白い小さなシルエットが、曲がり角のたびにちらちらと見え隠れする。やがてアーケードの屋根を抜け、私は夜空の下にぽっかりと開けた道路に出た。

「──あんたっ、何のつもり!?」

数メートル先のアスファルトで、一転してダイジンはのんびりと毛繕いをしている。意図が摑めず、私は距離を空けたまま睨みつけた。

「すーずめ」

なんだか嬉しそうに聞こえる幼い声色で、私を見上げて猫が言う。

「げんきー？」

「はあ？」

さわってとばかりに、ダイジンはごろんと寝転がってお腹を見せる。そのまま気持ちよさそうに回転して今度は腹ばいになり、前脚を上げて空を指した。

「みて！」

「え？」

私は顔を上げる。──分かってたよね、と心がまた言う。甘く爛れたこの匂い。さっきから足裏に伝わっている、何かが一斉に地中を移動しているようなざわざわとした不快な感触。

「ミミズ……！」

軒の低い住宅街の向こう、そう遠くはなさそうな山肌から、赤黒く光るミミズが立ち昇り始めている。夜空を背景に、ミミズは今までよりもなおさらに禍々（まがまが）しく輝いている。――と、木材がアスファルトを蹴（け）るカタカタという音が背中に聞こえた。

「――ダイジン！」

と叫びながら、草太さんが全速力の犬のようなシルエットで走ってくる。ダイジンは無言で逃げ出し、ミミズの方向に駆けていく。

「鈴芽さん、行かなければ！」

「うん！」

草太さんが言い終わる前に、私の体も駆け出している。

入れない扉、行くべきではない場所

静かな住宅街は徐々に上り坂となり、そのうちに山肌に沿って左右に蛇行する道となる。私たちは並んで走り続ける。何台もの車とすれ違い、何人かの通行人に驚いた視線を向けられても、私はミミズから目を離せない。いつの間にかダイジンの姿はないけれど、どうせ目的地は同じだ。早く。一刻も早く、ミミズの根本へ。両脇に建ち並んだ家々がぽつぽつと途切れ始める頃、黒い木々の向こうに観覧車のシルエットが大きく見えはじめた。ミミズはその場所から立ち昇っている。

「あの遊園地だ——！」

アーチ状の入り口の前には、雑草の絡んだバリケードが並んでいる。脇の看板に「閉園のお知らせ」「四十年間ありがとうございました」という文字があるのが、暗闇の中にもちらりと見える。草太さんはバリケードの下をくぐり抜け、私はハードル走の選手のようにそれを飛び越える。まるで巨人たちがずらりとうずくまり眠り込んでいるかのように、園内には様々な形の遊具が黒いシルエットとなって立ち並んでいる。それらの足元は繁った草に埋もれ、地面のアスファルトはあちこちが剝がれてひび割れている。そして無言のままに眠り続ける遊具たちの向こうで、真っ赤な奔流が空に向かって伸び続けている。

「——観覧車が！」

メリーゴーラウンドの物陰にようやく膝をつき、息を弾ませたまま私は叫んだ。草太さんが驚愕したように言葉を引き継ぐ。

「後ろ戸になっている……！」

　目の前の巨大な観覧車、その一番下にぶら下がったゴンドラのドアから、ミミズの濁流が噴き出ている。誰もいない深夜の廃遊園地で、そのゴンドラの小さなドアだけが、そこだけ強風に吹かれているかのように孤独にバタバタと暴れている。

「ああっ、草太さん見て！」

　観覧車の頂上に、鳥のような影がとまっている——あれは、

「……ダイジン！」

　押し殺した声で草太さんが言う。立ち昇っていくミミズの激流を、ダイジンはまんまるに見開いた瞳でうっとりと見つめている。

「鈴芽さん」猫から目をそらさずに、草太さんが言う。「俺はダイジンを捕まえて、要石に戻す。その間に君は——」

「うん！」私は首に下げていた鍵をTシャツから出す。愛媛での戸締まり以降、閉じ師の鍵はずっと私が持っている。あの時にも私は出来たのだ。今だって。

「ゴンドラの扉を閉めて、鍵を掛ける。やってみる！」

　私たちは顔を見合わせて頷き、合図もないのに同時に駆け出した。やれる。私たち

ならばやれる。その感覚が、私の肺にもっともっとと空気を送る。私の足はさらに強くと地面を蹴る。

「ああっ！」

ダイジンが私たちに気づき、また逃げ出した。助走をつけて観覧車の頂上からジャンプをし——落下していく先は、ジェットコースターのうねるレールのシルエットだ。

「鈴芽さん、扉を頼む！」

「うん！」

横を走っていた草太さんは、進路を変えてジェットコースターに向かう。私は一人で観覧車へと走り、ゴンドラ乗り場への短い鉄階段を駆け上る。暴れるような光の濁流が、目の前の錆びついたゴンドラから噴き出している。私は両腕を前に出し、そのドアに突進をする。ドン！　薄い鉄のドア越しにあの気味の悪い感触がまっすぐに伝わってきて、全身に鳥肌が走る。それでも私は歯を食いしばり、必死にドアを押す。ドアは一気に数十センチも押せたかと思えば、急に岩のように固くなったり、あるいは気まぐれに強烈な力で押し返してきたりする。意地の悪い誰か、もしくはまったく思考のない筋肉そのものがドアの向こうにいるような気持ちになる。赤黒く光る濁流が、周囲の全部を濁った夕日色に染めている。靴の下からは、まるで地面そのものがゴボゴボと沸騰しているかのような震動が伝わってくる。――でも。私には出来る。私たちには出来る。その気持ちだけで頭を埋め尽くし、私は全身でドアを押す。

同じ頃、草太さんは猫を追ってジェットコースターのレールを走っていた。一昨日よりも、昨日よりも、今の方がずっと強い力で走れていることに、草太さんはさっきから気づいている。

「動く、体が動く！」

彼は思わず呟く。自分の心が、魂が、全身の神経が、この四角く小さい椅子の体にしっくりと馴染んできたことが、彼には分かる。それは不吉なことなのかもしれないけれど、今の草太さんには僥倖である。人間の体の重さでは不可能な場所を、獣のように彼は走る。重力がずっと軽くなったような頼もしさで、草太さんは急勾配のレールを駆け上る。地上がぐんぐんと遠ざかり、満ちかけた月が視界をよぎり、やがて遥か眼下のレールに、こちらを見上げながら逃げている白猫の姿がある。

「ダイジン！　今日こそ元の姿に――」

吠(ほ)えるように彼は叫ぶ。とらえたと、もう体で分かっている。

「戻してもらう！」

傾斜したレールを強く蹴り、草太さんは空中に躍り出る。ゆっくりと回転しながら落下する椅子の体が、猫に迫っていく。猫の丸く黄色い目が迫り、その瞳に映り込む自身の姿を見た直後、草太さんはダイジンに激突する。落下の勢いを保ったまま、両者は地上に設置された小さな変電設備へと衝突する。枯れ葉まじりの土煙が舞い上がり――衝撃で、突然に変電機のランプが灯(とも)る。低いうなりを上げて、キュービクルが低圧電流をパーク内に流し始める。

ビィー！

頭上のスピーカーから突然にブザーが鳴った。私は驚いて観覧車を見上げる。するといきなり周囲の照明が灯り、観覧車全体がカラフルにライトアップされた。続いてギギ、と巨大な金属が軋(きし)む音が響き――ゴンドラが、動き始めた。

「ええっ⁉」

観覧車がゆっくりと、回転を始めている。私の目の前のゴンドラも、ミミズを吐き出し続けたまま前に動いていく。私はドアを押しながら、ゴンドラと一緒に進んでいく形になる。次第にスピードが上がり、私は駆け足になっていく。そして当然、ゴンドラはゆっくりと上昇を始める。扉を離すまいと、私の右手が考えるより先にドアに付いたバーを握った。

「え」

体が持ち上げられていく。ドアを閉めなければという気持ちと、このままではまずいという迷いのその一瞬に、私の爪先(つまさき)は地面から離れてしまう。

「うそ！」

ぞくりと身がすくむ。みるみるうちに地上が遠ざかっていく。私は慌てて両手でバーを握る。濁流の噴出にガタガタと揺れるドアに、私はぶら下がる格好になる。だめだ、飛び降りるにはもう高すぎる。私は必死に体を持ち上げ、ゴンドラから張り出した狭い足場に右足先を乗せ、左足もなんとか同じ場所に着く。私の頬のすぐ横で、ミミズは激しく噴き出している。チカチカと暴れる火花のような飛沫(ひまつ)には、しかし温度も触感もない。私は左手でゴンドラの側面を摑(つか)み、右手でドアを支えにし、ゴンドラの半分を抱きかかえるような格好でなんとか立ち上がる。目の前には、ひびの入ったゴンドラの窓がある。

「……！」

狭く薄暗いゴンドラの内部に、かすかに瞬く何かがあった。私は目を凝らす。それは——星だ。ゴンドラの中に、夜空がある。ふいに誰かが光量つまみをぐんと回したみたいに、星々の輝きが増し始める。それは私のよく知っている、あの草原の星空である。さざ波のように、私の胸によく見知ったあの感情が満ちてくる。悲しいのに心地が好い。知らない場所なのに馴染みがある。居てはいけない場所なのに、いつまでも居たい。

「お母さん……？」

草原のずっと果てに、誰かが立っている。風に揺れる白いワンピース。柔らかそうな長い黒髪。そしてその向かい側に、うずくまった子供のシルエットがある。私だ。子供の私が、お母さんと向き合っている。そうだ、星空の草原で、私たちは逢えたのだ。打たれたように私は理解する。これは、あの夢の続きだ。どれほど望んでも見ることが叶わなかった、記憶のずっと奥に埋もれていた風景だ。お母さんが、手に何かを持っている。私に向かって差し出している。あれはなに。私は目を凝らす。遠くてよく見えない。もっと。もっと近くで。私はドアの内側に体を乗り出す。ミミズの濁流の中に体を入れていく。何の温度も眩(まぶ)しさも抵抗も、そこにはない。それはただの、透明で重みのない泥水である。私は頭をかがめてゴンドラの小さなドアをくぐる。右足を床に着く——と、そこは深く柔らかな草原となっている。さっきよりはずっと近くに、お母さんと子供の私の姿が見える。

「——」

背中から、誰かの声が聞こえた気がする。でも私の目はお母さんたちに吸い寄せられていく。一歩、足を前に出す。なに。お母さんが私に渡そうとしているものは。あれはなに。また一歩。あれは——。

椅子だ。脚が三本しかない、小さな手作りの子供椅子だ。……椅子？　私の心が、こちん、と何かに触れる。何かを思い出しそうになる。

「——」

誰。さっきから、背中で呼ぶ声は。椅子。あの椅子は——。

「鈴芽さん！」

弾(はじ)かれたように、私は目を開けた。

「はっ——！」

　小さな窓から、私は身を乗り出していた。目の前には山と夜空、眼下には、ずっと遠くに薄暗いアスファルト。落下の恐怖に、反射的に身を引いた。冷水をかけられたみたいに私は思い出す。上昇するゴンドラの中に、私はいるのだ。もう草原もなく、二人の姿もない。

「鈴芽さん、来い！」

　その声に振り返る。ゴンドラの小さな出口から、ミミズの濁流が外に向かって噴き出ている。その泥水の間から、草太さんが必死に前脚をこちらに伸ばしている。

「草太さん！」

　私は転がるようにゴンドラの床に膝(ひざ)をつき、右手で草太さんの脚を摑む。頼もしい力で、草太さんは私をミミズが噴き出るゴンドラから引っぱりだしてくれる。観覧車のフレームに手足を着く。そこは既に、回転する観覧車の頂上に近い。神戸の夜景を見晴るかすほどの高さに、私たちは立っている。

「鈴芽さん、ドアを！」

「うん！」

　私は細い鉄骨を足場にし、バタバタと暴れるドアの外側に回り込み、再びそれを押し始める。足元でドアを押す草太さんの力は、今までよりも一層に強い。ゴンドラのドアは、ぐんぐんと閉じていく。細くなっていく出口に、ミミズの濁流は薄く引き延ばされていく。

「――かけまくもかしこき日不見の神よ」

草太さんの唱え始めた祝詞に導かれるように、私は目を閉じる。かつてこの場所にあったはずの歓声に、私は耳をすます。あそこが開園した頃はほんまに賑やかでねえ――ルミさんの声が、ふいに蘇る。きっと週末ごとに周辺の道路は混み合って、ゴーカートに、メリーゴーラウンドに、この観覧車に、人々が列を作っていたのだろう。私は想像する。観覧車の高さに、ジェットコースターのうねりに、バイキングの加速度に、皆が驚いて、はしゃいで、悲鳴を上げて、笑い転げている。わあ、高い高い！なあコーヒーカップもういっぺん乗ろ！　こら、走ったら危ないで！　初めてのデートで遊園地なんて、うちらベタやねえ。

「遠つ御祖の産土よ。久しく拝領つかまつったこの山河、かしこみかしこみ、謹んで――」

私の胸元で鍵が青く光りだしたのが、その熱で分かる。つむったままの瞼の裏に、やがてかつての遊園地の姿が見えてくる。人々は皆笑顔で、足元のアスファルトは鮮やかなパステルカラーに塗られていて、ぴかぴかと輝く遊具たちには錆ひとつない。

少女の手を離れた黄色い風船が、青空を小さく切り抜くように空に昇っていく。わあ、いってしもうた。そう言って空を見上げる少女の顔には、しかし寂しさの欠片もない。

「——今だ！」

郷愁を切り裂くような鋭さで草太さんが言い、

「お返しします！」と叫びながら、私は光の鍵穴に鍵を挿した。

ガチャリ——ドアに鍵が掛かる手応えがあり、直後、空を覆った赤銅の花が弾けた。まるで重い蓋が突然外されたかのように空気が一気に軽くなり、その数瞬後、夜でも虹色に輝く雨が、いっとき廃墟を洗った。やがて力尽きたかのように園内の照明が全て消え——あたりは再び静かな夜へと戻ったのだった。

ガコン！　全身に響くような低音で、足元の鉄骨がふいに軋んだ。

「わ、わわ！」

私は思わずゴンドラにしがみつく。下を見る。地面はずっと遠くで闇に溶けている。吸い込まれそうになる。膝が震える。ゴゴン、と足元がまた軋む。

「中に入ろう」と落ちついた声で草太さんが言い、私はさっき閉めたばかりのドアをもう一度開け、すっかり鎮まったゴンドラの中に慌てて入った。ドアを閉めると、耳元で鳴っていた風の音がふっと弱まった。

「……怖かったあ〜」

スイッチが切れたみたいに脚から力が抜けて、私はゴンドラの床にぺたりと座り込んでしまう。観覧車の頂上に、私は立ったのだ。今さらに全身が震えだし、目尻にはじわりと涙が浮かんでくる。ふえーん、と情けない息が漏れる。ふいに可笑しそうに、草太さんが笑い出した。

「ははは っ！　鈴芽さん、君は凄かったよ――ありがとう」

＊　＊　＊

窓の外には、神戸の街灯りが一面に広がっていた。あらためて眺めるゴンドラの内部は広くもなく狭くもなく、誰かと一番親密に過ごせるサイズを慎重に割り出しました、というような大きさだった。私たちはプラスチックのシートに向かい合わせに座り、ゆっくりと近づいてくる地上を眺めた。観覧車というものは停電してしまっても、中に人がいたらその重みでゆっくり回転し地上に降りるように設計されているのだと、草太さんが教えてくれた。

ダイジンはどうしたのと訊くと、また逃げられた、と草太さんは苦笑した。ジェットコースターから一緒に落下し、その後ダイジンを地面に押さえつけたのだけれど、動き出した観覧車に私がぶら下がっていることに気づき慌てて駆けつけてくれたのだという。ごめんなさいと言う私に、君が謝る理由なんてない、と彼は笑った。次こそは捕まえられるさ、と自信のありそうな声で言う。

「鈴芽さん――」吹き込む夜風にそっと挟み込むように、草太さんが静かに言った。

「え？」

「さっき、後ろ戸の中に何を見ていた……？」

「ああ――」

まるで夢から覚めた後のように、記憶が急速に淡くなっていることに私は気づく。

「すごく眩しい星空と、草原と……」

「常世だ」と、驚いた声で草太さんが言う。

「え？」

「君には常世が見えるんだ……」

「とこよ？」

「この世界の裏側。ミミズの棲家。すべての時間が同時にある場所」

すべての時間が、同時にある場所。頭のずっとずっと奥の方で、何かが嚙み合うような感覚が、一瞬あった。でも——とても手が届かないほど、そこは深いのだった。

「……見えるけど、入れないの」

「常世とは、死者の赴く場所なんだそうだ」

そう言って草太さんは窓の外を見、私も彼の視線を追った。真っ黒な海の手前に、星を一面にまぶしたような夜の街が広がっていた。ひときわ明るい工場地帯があり、光の塔のようなビル群があり、寄り添って瞬く住宅たちがあった。手を伸ばせばそれぞれ光の粒を指先に乗せられそうなくらい、それらはくっきりと近くに見えていた。

「現世に生きる俺たちには、そこは入れない場所、行ってはいけない場所なんだ。だから、君が入れなくて良かった。入れなくて当然なんだ」

なぜだかすこしだけ悲しげに聞こえる声で、街を見たまま草太さんは言う。

「この場所で、俺たちは生きているのだから——」

巨大な金属を軋ませながら観覧車はゆっくりと回転し、夜景はやがて下から迫ってきた黒い木々に隠れ、葉の隙間でいっときチカチカと瞬いた。その光の最後の一粒が消えるまで、私たちは窓の外をじっと見続けていた。

夜のパーティと、孤独な夢

なんて言い訳したら良いのだろう。もしかしたら、もう戻らない方が良いのだろうか。でもそれじゃああまりに身勝手ではないのか。何度もぐるぐると悩み、スマホの時計を確認し、深夜の二時という時刻に溜息（ためいき）をつき、でももう一度大きく息を吸い込んで、私はスナックのドアを開けた。カラン、とドアベルが能天気な音を立てる。

「あ、不良娘が帰ってきたわ」

グラスを磨いていたミキさんがベルの音に顔を上げ、苦笑混じりにそう言った。店内は薄暗く照明が落とされ、お客の姿はもうどこにもなく、うっすらとアルコールの残り香が漂っていた。カウンターに顔をうずめていたルミさんが、ゆっくりと顔を上げ、こちらを振り向く。

「……鈴芽ちゃん！」

ルミさんは立ち上がり、私に駆け寄る。草太さんを持った手を、私は反射的に背中に回した。ルミさんの疲れ切ったような表情に、胸がずきりと痛む。

「一体どこ行っとったの！」

「すみません、あの――」

「こんな時間に急におらへんようになって、どない心配したか！」

「まあまあ」私に摑みかかる勢いのルミさんに、カウンターの中から取りなすようにミキさんが言う。

「無事やったんですから」

「そやかて――」

「家出なんて、うちらもさんざんしましたやん」

そうなんだ、と思うと同時に、私のお腹がぐうぅと鳴った。

「わ」

慌てて手のひらで押さえる。私は思わず赤くなる。やれやれというふうにルミさんが溜息をつき、苦笑しながら私の顔を見た。

「……とりあえず、なんか食べよか」

　それから私たちは小さな台所に三人で立ち、何を食べたいのか候補を出しあった。この時間にラーメンは太る、焼きそばもやばい、お茶漬けは罪悪感は薄いけれど物足りない、やはり野菜的なものにしておくべきちゃうか、いやしかしよくよく考えれば今うちらが求めているものは炭水化物やないですか——という協議の末、野菜をたっぷり入れた焼きうどんを作ることになった。だったら目玉焼きも乗せにゃ、うちは紅ショウガ山盛りで、鈴芽ちゃんは？　と問われ、私の家はポテトサラダを入れるんですと言ったら二人は一瞬絶句し、いやでも意外にありやないですか？　でもカロリーえぐない？　そやかて今うちらが求めているのは結局は——的な協議の末、野菜たっぷりポテサラ焼きうどん目玉焼き乗せが正式メニューとなった。ルミさんがフライパンでごま油を温め、その間に私が野菜をざくざくと切り、ミキさんはラップにくるんだうどん玉をレンジで軽く蒸した。そして野菜をじゅうじゅうと炒める(いた)ルミさんの横で、私は同時進行でうどんを炒め、ミキさんがお店の作り置きのポテトサラダを大きなスプーンですくいゴンゴンとうどんに乗せ、私はそれらを菜箸(さいばし)で絡めた。家庭科の授業での精鋭チームのように私たちは手際が良く、作りながら絶え間なくお喋(しゃべ)りをし、切れ目なく笑いあった。

「いただきまーす！」

お店の真ん中のソファー席に座って、私たちは焼きうどんを食べた。美味しい！　とルミさんたちが声を上げ、私はなんだか浮き上がるくらいに誇らしい気持ちになった。これ絶対ビールに合うわとミキさんが言い、ルミさんが冷蔵庫から缶ビールを持ってきて、私にはジンジャエールを渡してくれた。お疲れさまでした！　と缶を合わせる。シュワシュワした冷たい炭酸が、焼きうどんの濃厚な味をさらさらと胃に流してくれて、いくらでも食べられていくらでも飲めそうだった。私たちは焼きうどんを平らげると、お店にあったカラムーチョやさきイカやカマンベールチーズもテーブルに並べた。それはなんだか、文化祭の打ち上げパーティのようだった。ルミさんが三年生、ミキさんが二年生で、私が新入生。ルミさんたちの華やかなドレスは、まるで文化祭の衣装のように見えた。黄色い間接照明で照らされた薄暗い店内は、飾り付けされた放課後の教室のようだった。

ふと振り返ると、教室の片隅で孤高にたそがれるイケメンの先輩のように、子供椅子が壁際でじっとしていた。私はソファーから腰を浮かし、草太さんにかがみ込んで口を寄せた。

「ね、草太さんも一緒に！」

え、と草太さんが小声を返す。私は有無を言わせず椅子を持ち上げた。「え、お、おい君、ちょっと！」という囁きをスルーして、私はテーブルの脇にカタンと椅子を置き、その上に座った。

「――！」

草太さんが息を呑む。腰に体重をかけても、三本脚の椅子はびくともしない。やれやれ、と彼が小さく息を吐くのが、背中で聞こえた。

「え、なにそれ？」

「あらかわいい。子供用の椅子？」

「どしたの、いきなり」

「あ……神戸の思い出に」

と私が素直に答えると、なにそれ、意味わからんわ、と二人はくすくすと笑ってくれた。最後に皆で記念写真を撮り、昨日今日ですっかり上達した後片付けスキルで私は食器をささっと洗い、じゃあまた明日学校でねというような自然さで、その夜は解散となったのだった。

＊　＊　＊

「――おかしな子だと思われたんじゃないか？」

　さっきまでパーティをしていたソファーに横になったところで、枕元の草太さんが笑いながらそう言った。私はルミさんにシャワーを使わせてもらいブランケットも借りて、Tシャツ姿で眠ろうとしていたところだった。

「あ、椅子に座ったこと？」

「急に姿を消して、夜中にまた現れて」

「そうかなあ」

　ルミさんもミキさんも――それから千果も、誰かのおかしさなんかにはぜんぜん頓着しないようなおおらかさがあった。地元を離れてからたった二日間しか経っていないのに、私の世界は以前よりもずっとカラフルになっていた。他人には自分とは違う世界が在ることを、しっかりと知っていた。

「ね、草太さんって、ずっとこんなふうに旅をしてるの？」そういうのって憧れるなと思いながら、私は訊いた。

「ずっとじゃない。東京にアパートがある」

「え？」

「大学を卒業したら、教師になるつもりなんだ」

「え」思わず草太さんの顔を見ると、

「え？」と椅子の顔が私を見返す。大学？　え？

「ええええ！　大学生なのっ⁉」

「そうだよ」

「え、就職するのっ⁉　え、じゃあ閉じ師は？」

職業・旅人じゃなかったの⁉　ポーカーフェイスでごくごく普通のことを語る子供椅子に、私の頭はにわかに混乱してしまう。草太さんは笑みを含んだ声で言う。

「閉じ師は、代々続くうちの家業なんだ。これからもずっと続ける。でも、それだけじゃ食っていけないよ」

「――そうなんだ」

そうなんだ、と私は思った。食べていけない。生活をしていけない。言われてみればそうなのかもしれない。戸締まりをしたって、誰かがお金をくれるわけじゃない。でも、と私は思った。

「……でも、大事な仕事なのに」

「大事な仕事は、人からは見えない方がいいんだ」

鳥肌が、さっと背中を走った。そんなふうに考えたことは、考えられたことは、私には一度もなかった。大事な仕事ほどたくさんの人に注目されて、たくさんお金をもらえるものだと当たり前に思っていた。草太さんは私の目を見て、慰めるように優しく言った。

「大丈夫。さっさと元の姿に戻って、教師も閉じ師も両方やるよ」

その声の穏やかさに私はほっとし、ほどなくして眠りに落ちたのだけれど――それまでのわずかな間に、私の頭はあの観覧車を思い出していた。あのてっぺんは、私たちが立ったあの場所は、私たち以外には誰も辿りつけないような場所だった。あの頂上に、てっぺんの空に、私たちは他の誰にも見えない秘密のしるしのようなものを、そっとつけてきたのだ。それがとてもとても、全身が静かに震えるくらい、誇らしかった。その感覚を大切になぞりながら、私は眠った。

❖

❖

❖

私が夢のない眠りに落ちていたその頃、草太さんは夢を見ていた。それは誰にも共有されることのない、草太さん自身さえ目覚めたらすこしも覚えていないことになる、どこにも繋がらない孤独な夢だった。

草太さんは、三本脚の子供椅子に座っていた。座ったまま、自分が口に出した言葉を思い返していた。さっさと元の姿に戻って、教師も閉じ師も両方やるよ。

——でも、と草太さんは思った。でも、俺はもう。もしかしたら。既に。

そう考えた途端に、体ががくんと重くなった。ふいに重力が増したようだった。腰が椅子の座面に押しつけられ——体の重さが一点を越えた瞬間、ぼこん、と泡が弾けるような感触で座面が消えた。

「……！」

落ちていく。沈んでいく。驚いて上を見上げると、そこには椅子に座ったままの自分が見えた。疲れたように背を丸めて椅子に座り込んだまま、じっと目をつむっている。抜け殻のようなその姿はぐんぐんと遠ざかり、やがて溶けるように暗闇に消えていく。ああ、遠ざかっていく、と諦めるように彼は思う。彼はもう受け入れている。望んだことではないけれど、そういうものかと受け入れている。

やがて地平線の彼方に、赤く燃える町が現れる。それはずっとずっと遠くにあるはずなのに、目を凝らすと細部までが克明に目に入る。ごうごうと燃える火を背景にして、折れた電柱や、積み重なった乗用車や、割れた窓で揺れるカーテンや、燃えながら風に舞う洗濯物なんかが、精巧なミニチュアのようにくっきりと見える。見えるのに、その町もただ視界を通り過ぎていく。あそこにすら行けないのか、と彼は思う。では俺はどこに行けるのか。そこはどれほどの辺土(リンボ)であるのか。

色も感触もない透明な泥水の中を落ち続けながら、草太さんは世界から切り離されていく。彼と世界とを結ぶ大切な糸が、一本また一本と、順番に切れていく。

光が消える。

声が消える。

体が消える。

記憶が消える。

寒い。寒い。寒い。寒い――。

そして、最後の糸がぷつんと切れる。

「……」

しかし、心はまだ在(あ)る。では、ここが。

彼は目を開く。

彼はやはり椅子に座っている。顔を上げると、目の前には古びた木のドアがある。周囲を見渡す。そこは波打ち際である。広大な海辺に、一枚のドアと、椅子に座った彼だけがいる。そして海と砂浜の境には、波に打ち上げられた骨がどこまでも一列に並んでいる。人のものとも魚のものともつかない骨たちは、まるでそこだけ塗り忘れられたみたいに完璧に白い。そのまっ白な骨の列は、世界を二つに区切る境界線のように見える。彼はこちら側にいて、ドアはあちら側にある。

彼はもう一度ドアを見上げる。ドアの表面には植物をあしらった木彫りの装飾が施されている。ペンキがぼろぼろに剝げている。それはとても懐かしいドアのはずなのだけれど、その感情はどこにも繫がらない。何も思い出せない。感情と記憶を繫げる糸が、切れている。

「……俺は」

続く言葉を知らぬままに、彼は呟く。息が白い。あのドアの向こうには——と心が思う。立ち上がろうとする。が、下半身が動かない。思わず足元を見て、彼は驚く。砂浜に着いた素足が、氷に覆われている。カチカチとまるで虫が鳴くような小さな音を立てながら、分厚い氷がみるみるその範囲を増していく。それは膝に達し、腿を凍らせ、上半身にも広がっていく。彼をこの辺土に縫い付けようとするかのように、氷は意志を持って彼の体を覆っていく。そうか、と彼は思う。

深く息を吐く。息までも、きらきらと光る氷の粒になっている。

「ここが俺の、行き着く先か――」

口元に微笑みの形を浮かべ、彼はうなだれる。氷に覆われていく体はますます重く、しかし凍える冷気がその重ささえ麻痺させていく。空白のようなその無感覚は、奇妙に甘い。

「――」

遠くから、誰かの声がする。しかし広がっていく無の甘さに、彼はまどろむ。

「――」

誰だ。彼はふいに苛立つ。なぜこのままいかせてくれない。俺はまどろみを選んだのに。ようやく、今度こそ、全てが消えるのに。

「――草太さん！」

その声と同時に目の前のドアが開き、彼は眩しさに目を細めた。

❖　❖　❖

「……鈴芽さん？」

と、寝ぼけた声で草太さんが言った。まじか、と私は思う。ほんとに起きた。千果、疑ってごめん。ぎぎ、と背板についた目で見上げて、草太さんは私の顔を見る。

「おはよう」

「……やっと起きた」

私は溜息をついてみせて、草太さんをソファーに置いた。スマホの画面を彼に掲げる。

「ほら見て、ダイジン！　また写真が投稿されてる！」

草太さんはゆっくりと首を曲げ、SNSの画面をじっと見る。

「……鈴芽さん」画面を見たまま、草太さんがぼそりと言う。

「ん？」

「今、俺に何かした？」

キスしたら起きるで。あの得意げな声。さすが千果。

「……べーつに」

さ、次の目的地も決まったし、出かけなくちゃ。そう言って私はデニムジャケットを羽織り、子供椅子をバッグに詰めた。窓の外に見える空は、今日もくっきりと青かった。

四日目

見えるけれど、関われない風景たち

「これ、鈴芽ちゃんにあげる」

そう言って、ルミさんは被っていたスポーツキャップをぬいで、私の頭に被せた。

「ありゃあ！　ますます家出少女っぽいやんか」

くすくすと笑う。一人旅なんかじゃないこと、やっぱりバレてたんだ。私は今さらにちょっと赤くなる。ルミさんが、私をぎゅっと抱きしめる。ふいに熱いものが込み上げてきて、私は彼女の柔らかな肩に顔をうずめた。

「ルミさん、本当にありがとうございました……！」

「うん」

ぽんぽんと、ルミさんの手が私の背中を優しく叩く。

「親御さんには、ちゃんと連絡するんよ」

「はい……！」

新神戸駅の前で、背後でひっきりなしに鳴る新幹線の発着ベルを聴きながら、遠ざかっていくルミさんの車が完全に見えなくなるまで、私は手を振り続けた。

やっばい、環さんのこと完全に忘れてた！

駅の柱にしゃがみ込み、私は通知をミュートしていたＬＩＮＥを慌てて開いた。

「ご、ごじゅうごけん……」

思わず口に出す。五十五件。一日で叔母さんから五十五件のメッセージ。やばい。既読を付けるべきか一生このまま開かずにおくべきかも、もはやよく分からない。いやしかしこの数字が増え続けることに果たして私は耐えられるのか。えーいっ、と、私の指は環さんのアイコンをタップした。

「え、なに？　迎えに行く!?　はあっ!?」

「鈴芽さん！」バッグから顔を出した草太さんが、急かすように私に言う。「次の便に間に合う。切符買って、早く！」

「えっ、新幹線で行くの？」

「東京に行くんだったら、それが一番早いだろう！」

今朝ＳＮＳに投稿されていた「＃ダイジンといっしょ」タグに写っていたのは、雷(かみなり)門(もん)とか東京タワーとか、田舎暮らしの私でも一目で分かる観光スポットの写真たちだったのだ。

「東京まで新幹線なんて、貯金がなくなっちゃうよ……」

私はぶつぶつ言いながら、券売機で切符を買う。こつこつと貯めてきたお小遣いの残高の、桁(けた)がひとつ減ってしまう。

「後で払ってくださいね、大学生！」私がそう言うと、

「任せなさい」とスポーツバッグが笑って答えた。

新幹線に乗ったことは人生でまだ数えるほどしかなくて、私はルミさんからもらった帽子を目深(まぶか)にし、緊張しながら自由席車両を見回し、壁に体を押しつけるようにして窓際の空席に座った。新幹線はちょっと信じられないくらい静かに滑らかに動き出し、みるみるスピードを上げていく。何本かのトンネルを通り抜け、ビルがひしめく街の風景があっという間に流れ去っていく。大きな河をいくつか渡ると、次第に風景

には畑や田んぼが目立つようになっていった。マップを開くと、見たことのないスピードで地図が左へと流れていく。私が小声で草太さんにその驚きを伝えると、はいはい速いよねといった感じで受け流された。でも、私の感動はそんなことでは水を差されないくらいに不思議に大きかった。窓の外をびゅんびゅんと流れていく風景に、私はさっきから目を釘(くぎ)づけにされていた。

山が見え、海が見え、いろいろな形をしたビルと住宅と工場とお店があり、誰もいないまっすぐな畦道(あぜみち)があり、遠くをゆっくりと移動する軽トラックがあった。運転席には小さな人影が見えた。黄緑色に波打つ田んぼの脇にはまるで時代劇みたいな木造の小屋があり、山の斜面には陽射しを反射する墓地があり、川沿いには犬を散歩させるカップルの姿が見えた。私はそんな景色を眺めながら、あの場所に自分が立つことはきっと一生ないんだろうなと、奇妙な驚きとともにそう思った。あのコンビニに入ることも、あのファミレスで注文することも、あの窓からこちらを眺めることも、私の人生ではほぼ確実にないのだ。私の体はあまりにもちっぽけで、人生の時間は限られていて、一瞬で通り過ぎていく風景のほとんど全ての場所に、実際に立つことは出来ないのだ。そしてほぼすべての人間が、私には関わることの出来ないそういう風景の中で毎日を送っているのだ。それは私にとって驚きと寂しさの入り混じった、どこか胸を打つ発見だった。

そんなことを考えているといつの間にか私は居眠りをしていて、目が覚めた時には車窓は一面の海だった。私は慌ててマップを開く。もうすぐ神奈川県に差しかかるところだった。まもなくー熱海(あたみ)ですー、と合成音声が天井で言う。

「草太さん……！」

私はほとんど涙声になりながら訴えた。

「もしかして、富士山過ぎちゃったんじゃない⁉」

「ああ、そういえば――」

「なによ、気づいてたなら教えてよぉ！」

ごめんごめんとまた軽く流されて、私は腹立ちまぎれに車内販売でサンドイッチとコーヒーとアイスクリームを買って食べ、え、そんなに本気で富士山が見たかったのか？　なによ悪い？　などとやりとりをしているうちに、景色はあっという間に建物に覆われていった。地平線まで切れ目なく建物が建ち並び、それがいつまでも続くその風景は今までとは明らかに質が違っていて、首都、という社会科でしか見ないような文字が自然と頭に浮かんだ。海や山脈と同じだけの存在感と質量で、ここには人間の造ったものだけが敷き詰められているのだった。

東京駅で新幹線を降りると、そこにあったのは湿気と人の塊だった。私はほとんど窒息しそうな気分で、スポーツバッグからの声に従って右へ左へと人波に流されながら歩いた。なんとか目的のプラットホームにまで辿(たど)りつき、冷房の効いた電車のシートにようやく座れたと思ったら、次で降りて！　とバッグからの声に急かされる。降り立ったのは御茶ノ水(おちゃのみず)という名前の駅で、私は全面ディスプレイの黒光りするSF的自販機で冷たい水を買い、ホームの端でごくごくと飲んだ。ようやく息をついて、私の肩にお気楽にぶら下がったままのバッグを睨(にら)みつける。

「……馬にされてる気分なんですけど！」

はは、と草太さんは笑って言う。

「ダイジンを探す前に、行きたい場所があるんだ。鈴芽さん、ちょっと電話をかけてもらえないか？」

「え？」

「電話番号は——」

「え、ちょっとちょっと」

私は慌ててスマホに番号を入れ、コールアイコンをタップして、スマホを椅子の背板に近づけた。コール音が途切れ、もしもし、と女性の声が聞こえてくる。

「絹代さん？　ちょっとご無沙汰しております、草太です」

え？

「――ええ、元気です。絹代さんもお元気そうで安心しました！」

やけに親しげな声で草太さんはそう言って、やけにイケメンぶった声ではははっと笑った。はあ？

庭のような部屋

まるで抹茶みたいに濃い色をした川沿いをしばらく歩き、大きな高校の脇の坂道を登り、静かな住宅街をしばらく歩いた先に、目的のお店はあった。それは想像とはすこし違って、私の地元にもありそうなこぢんまりとしたコンビニエンスストアだった。

住宅街の角にある三階建てビルの一階で、入り口の周囲には植木鉢がいくつも置かれていて、草花が車道にはみ出しそうな勢いで茂っていた。ドア上の全国チェーンの青いロゴマークには、二階のベランダから垂れ下がった植物が堂々と覆い被さっていた。細かいことはいいんだよというようなおおらかな投げやりさが、建物全体から漂っていた。

自動ドアをくぐると、聞き覚えのある入店チャイムがやけに大きな音で響いた。ざっと見渡した店内に、お客さんはいないようだった。

「あの、すみません……」レジカウンターの内側にかがんで何やら作業をしている女性店員の背中に、私はおそるおそる声をかけた。

「え？」

顔を上げた店員さんはくっきりした目鼻立ちで、胸元のネームプレートには「きゃろる」と書かれている。

「あ、あの、私、岩戸と申しますが」

「え？」

「あの、先ほどお電話で……」

「えーと……」

怪訝な目付きでじっと見られている。ちょっとどうすればいいのよ草太さん！　念を送りながら背中のバッグをぎゅっと摑む。とはいえここで返事がもらえるわけもなく、これは一時撤退かなと思い始めたところで、「あーはいはい！」とお店の奥から声が上がった。

「はいはいはい。あなたが草太さんのご親戚の？　伺ってますよー」

サンダルをぺたぺた鳴らしながらやってきたのは、白髪マッシュルームヘアの小柄なおばあちゃんだった。きゃろるさんと同じブルーのストライプの制服姿で、胸元には「おきぬ」とある。

「はい、こちら草太さんのお部屋の鍵。三〇一号室ですから」

そう言って私に鍵を渡してくれる。ということは、この人が草太さんの言っていた大家さんなのだ。

「ゴシンセキ？」ときゃろるさんが大家さんに訊き、大家さんは英語らしき言葉で何やら答える。それを聴いて、きゃろるさんが笑顔で私を見る。

「彼は、いつ旅行から帰ってきますか？」

「ええと、すみません、私もよくは知らなくて」

「早く帰ってきてほしいわよねえ」と大家さんがいかにも寂しそうに言い、きゃろるさんがスウィートとかキュートとかと聞き取れる言葉を返し、「ほんとにイケメンなのよねえ」と大家さんがうっとりと言う。人気者だなおい。私は背中のバッグをさらにぎゅっと握る。

「あの、ありがとうございました！」頭を下げる私に、

「お店を出て左手に階段がありますからね。ごゆっくり」

と言いながら、大家さんは顔の横で小さく手を振った。

＊　　＊　　＊

鍵を使ってドアを開けると、こもっていた熱気がふわりと顔にかかった。すこし遅れて学校の図書館のような匂いが届き、それから石鹸（せっけん）や洗剤の生活の匂いがして、最後に知らない外国の町のようなお洒落（しゃれ）な匂いが、ほんのかすかに鼻に届いた。大人の匂いだ、と私は思った。

「入って」

バッグから顔を出している草太さんに促され、私は三十センチほどの奥行きしかない小さな玄関で靴を脱ぎ、部屋に上がった。そこはいきなり台所で、部屋というより

は広めの廊下という程度の広さしかなかった。その先に、八畳ほどの薄暗い空間があった。

「わあ……」

　小さく息が漏れた。カーテンの隙間からの外光にぼんやりと浮かび上がるその部屋は、壁も床も、本で覆われていた。畳には分厚い古書が積み上げられていて、まるで大学の研究室――実際に行ったことはないけれど、そういう何か専門家のための空間のようだった。本の間に挟み込まれるようにして、昭和の文豪めいた座机があり、丸いちゃぶ台があり、大きな本棚が三つもあった。部屋の隅（すみ）にＩＫＥＡ的なスチールデスクとそれに被さるパイプベッドがあり、その周囲の本だけは大学生らしく現代的でカラフルだった。

「暑いだろう、窓を開けてくれないか？」

「あ、うん」

　カーテンを開けると、傾き始めた午後の陽射しが部屋を眩（まぶ）しく塗り直した。窓を開けると、気持ちのいい風が通る。私はスポーツバッグを床に下ろし、帽子を脱いでその上に置いた。なんだか小さな庭みたいだと、明るくなった部屋を見渡して私は思った。空間全部がたくさんの物で溢（あふ）れているのに、不思議に雑然とした印象がなかった。

物たちは植物のように自然に自由にそこにあった。

「鈴芽さん」草太さんが本棚の前でこちらを見て言う。

「ちょっと調べたいことがあるんだ。この本棚の上に段ボールがあるだろう？」

「うん」

「取ってくれないか」

「うん」

私は本棚の前に立ち、手を伸ばす。高すぎて手が届かない。背伸びをする。だめだ。

——よいしょっと、私は草太さんの上に乗る。足の下で、三本脚の子供椅子が私の体重を支えるために慌てて踏ん張る。箱に手が届く。それはずしりと重い。

「……」

ふいに、私は可笑しくなる。口元がにやけてしまう。箱を持ったまま、いち、に、とその場で足踏みをしてみる。コンビニを出て「草太さん人気者なのね」と言った私に対し、「それほどでもないよ」と涼しげに返したあのイケメン声。いち、に、いち、に。私は足元を見て笑いながら言う。

「草太さん、踏んでもいい？」

「……乗る前に訊けよっ！」

足元でばたばたと椅子が暴れる。きゃーっと声を上げて私は笑った。

＊　＊　＊

段ボールの中身も、全て本だった。それを開いて、と草太さんに示されたのは、『閉ジ師秘伝ノ抄』と書かれた古い本だった。写真でしか見たことのないような、ごごわごわした紙を紐で綴じた和装本だ。今にも崩れそうな古い和紙を破いてしまわないように、私は慎重にページを開いた。

見開きいっぱいに、画が描かれていた。ぞわり、と全身が総毛立った。

それは噴火の画だった。黒い墨で集落と山が描かれていて、山から噴き出す炎が真っ赤な顔料で描かれていた。ぐねぐねとうねる空の大河のようなその赤は、私の見知ったあの形とそっくりだった。

「これって……ミミズ？」

そう、と草太さんが画を見つめたまま答える。よく見ると、炎は噴火口からではなく、山の頂上にある鳥居から噴き出している。では、これが後ろ戸なのだろうか。画の端には「天明三年」と読める文字がある。江戸時代？　草太さんに促され、私は次のページをめくる。

龍の絵図だった。蛇行する長い体の隙間に山や集落や湖が描かれ、龍と土地は一体であるかのような印象を受ける。その端と端、頭と尾のそれぞれに、巨大な剣のようなものが刺さっている。

「これが要石だ。西の柱と、東の柱」

そう言いながら、椅子の脚がその二本を順に指す。

「えっ、要石って――」

「そう、二つあるんだ」

「え……じゃああんな猫がもう一匹いるってこと？」

「あの形は、かりそめの顕現だよ」

低い声で彼が言う。私はさらにページをめくる。見開きのそれぞれのページに、石碑と、それに祈りを捧げる群衆が描かれている。二つの石碑には赤い文字で「要石」と書かれていて、山伏のような格好をした数人がその石を地面に埋めようとしているように見える。絵の隙間には私には読めない崩し字で何かの文章が細かく書かれていて、それぞれの要石の横には、かろうじて読める文字で「黒要石収拾之～」とか、「寅ノ大変白要石～」とか書かれている。

「人を脅かす災害や疫病は、」草太さんがページを見ながら言う。「後ろ戸を通って常世から現世にもたらされるんだ。だから俺たち閉じ師が、後ろ戸を閉めて回る。戸を閉めることで、その土地そのものを本来の持ち主である産土――土地の神に返し、鎮めるんだ。だがある種の災い、数百年に一度のような巨大な災害は、後ろ戸だけでは抑えきれない。そういう時のために、この国には古より二本の要石が与えられている」

そう言って、草太さんは別の本を示す。表紙には『要石目録』と書かれている。同じような和装本だけど、今見ている本よりは何十年分か（もしかしたら何百年分か）新しく見える。その本を私は開く。古い地図のようなものが描かれている。地形は溶けた石をくっつけたような曖昧な形で、「扶桑國之圖」と見える漢字が書かれている。島らしき地形の端と端に、大きな剣が二本刺さっている。

「そして要石は、時代ごとにその場所を変えるんだ」

ページをめくると、また古い地図。でもさっきよりは海岸線の形が写実的になっている。二本の剣は、さっきとはすこしずれた場所に刺さっている。

「これって――」

私はまたページをめくる。さらに解像度が上がったような地図。細かな街道や国境もびっしりと描きこまれている。剣は、東北の端と琵琶湖の下あたりにある。

「日本地図！」

「そう。地図の変化は、日本人の宇宙観の変化だ。人の認識が変われば、土地の形も変わり、龍脈や災害の形も変わっていく。それによって要石を必要とする場所も変わる。ゆっくりと変化しつづける人と土地との相互作用の中で、その時代ごとに本当に必要な場所に、要石は祀られる。人の眼の届かない、人々に忘れられた場所で、要石は何十年、何百年にもわたり、その土地を癒やし続けるんだ」

淡々と語る草太さんのその言葉のほとんどを、私はよく理解できない。でもその言葉は、最初に見た要石の佇まいを私に思い起こさせた。誰もいない夏の廃墟、凍りつくように冷たい水溜まり、そこに孤独に立った石像——。あの時、手を触れると、まるで話しかけられるような気配がした。それは百年の使命に飽きた猫が、遊び相手を見つけた喜びではなかったか。そんな想像が、なぜか草太さんの言葉としっくりとなじんだ。まるで私の気持ちを読んだかのように、草太さんが言う。

「九州にあった要石は、今は猫の姿で逃げているだろう？」

「あ、うん」

「もう一つの要石は——」

脚に促され、私はまたページをめくる。それは完全に見慣れた現代の日本地図で、「明治三十四年」と書かれている。草太さんが一点を指す。関東に、剣の形をした石碑が描かれている。

「東京……!?」

「そう、東京にあるんだ。今もミミズの頭を抑えている。俺が知りたいのは、その具体的な場所なんだ。要石は今、東京のどこにあるのか？　覚えている限りでは、どこにも書かれておらず、誰も教えてくれなかった。でも、ここにある本のどこかにその記述があるのかもしれない」

促され、私はページをめくっていく。めくり終えると、次の本を開く。私にはぜんぜん読めない崩し字に、草太さんはすらすらと目を走らせている。読みながら、重い口調で言う。

「東京の要石がある場所には、巨大な後ろ戸もあるという。百年前に一度開き、関東一帯に大きな災害を起こし、当時の閉じ師たちによって閉められたという、東京の後ろ戸。もしかしたら――」

声が一層に低くなる。

「ダイジンは、その扉を再び開けようとしているのかもしれない。俺たちを翻弄して遊んでいるのだとしたら——先回りして、それを防がなければ」

　窓からは風と一緒に、ひっきりなしに飛行機の音が吹き込んでくる。こんなにも頻繁に飛行機が飛んでいることに、私は驚く。そのジェットエンジンの隙間に、バイクの音があり、救急車の音があり、布団を叩く音があり、下校する子供たちのはしゃぎ声があり、かたん、かたん……という遠い電車の音があった。鳥がさえずり、遠くない場所で誰かと誰かが喋っていた。誰かが掃除機をかけていた。何万台もの車が折り重なった低い音が、ずっと途切れずに響いていた。膨大な数の生活がここにはあるのだと、私はあらためて思う。この巨大な街のどこかに、古びた石像だか石碑だかがひっそりとあることが、私には上手く想像出来なかった。私のめくる本は和綴じから古い大学ノートになり、筆文字は万年筆の文字となり、筆跡も移り変わっていく。今開いている本は大正期の日記のようである。それでも、カタカナ混じりで書かれた達筆な文字は、私にはほとんど読めないのだった。

「——だめだ」

　段ボールの中にあった本のページを全てめくり終えた後に、草太さんが溜息とともにそう言った。

「日記にそれらしい記述はあるが、肝心な箇所が黒塗りになってる……」

確かに、開いたページの何ヶ所かが黒い墨で塗りつぶされている。私もすこしは役に立てないかと目を凝らす。墨の前後には、「九月朔日　土　晴」「早朝当直ヨリ使者」「午前八時」「日不見ノ神顕ル」というような文字が読み取れる。うーん……。

「……なるほど！」と私は声に出してみる。

「分かるのか？」草太さんが驚いた声を出す。

「ごめん、言ってみただけ」

草太さんが苦笑する。

「……じいちゃんに訊くしかないか」

「え？」

「この日記は、じいちゃんの師匠が書いたんだ」

「おじいさん？」

「ああ——俺の育ての親だよ。近くに入院してるんだ」そう言って草太さんは再び本に目を落とし、小さな声で言う。

「失望させたくなかったな、こんな姿で……」

すっかり疲れ果ててしまったように、その背中は見えた。おじいさんも閉じ師ってことなのかな、と私は考える。だったら最初からおじいさんに会いに行けば良かったのではないか。それにおじいさんならば失望なんかせずに、孫の心配をするのではないか。力になってくれるのではないか。それとも、それが出来ない事情が何かあるのか——そんなことを考えていると、突然にドアが激しく叩かれた。「ひっ」と思わず声が出る。

「おーい草太、いるのか？　いるんだろ？」

男性の声だ。薄い木のドアをばんばんと叩いている。私は草太さんを見る。特に動揺したふうでもなく、椅子はポーカーフェイスでドアを見ている。

「窓が開いてるのが見えてんだよ！　草太、帰ってきたのか？　おーい！」

ばんばん。草太さんがやれやれといった雰囲気で呟く。

「芹澤だ……。参ったなこんな時に」

「えっ、誰？」

「知り合い。適当に誤魔化してくれる？」

「ええっ!?」

草太さんは壁際に向かってカタンカタンと歩き出している。セリザワなる男は無遠慮にドアを叩き続けている。

「おおい、草太！　開けていい？」

「ええっ！」

「開けるぞ？　開けるからな？」

　ばんばん。すがるように草太さんを見ると、「悪い奴じゃないよ」と言って、カタンと壁に寄りかかってしまう。ばんばん。えええ、どうしよう！

　――ガチャリ、とドアが開いた。

　そこに立っていたのは、金髪に近いくらいの明るい茶髪のウルフヘアに、真っ赤なサテンシャツの胸元を広く開けた、輩然とした若い男性だった。

「あの、こんにちはっ」

　私は彼の目の前でぺこりと頭を下げる。

「おわっ！」

　芹澤さんが驚いた顔で私を見る。なんとか誤魔化すしかない。

「え、あんた誰⁉」

「あ、妹です！」

「え、あいつに妹いたっけ？」

「あ、妹同然の間柄の……？　従姉妹です！」

「はあ？」

冷たそうなつり目が、お洒落丸眼鏡の中で怪訝そうに細められる。ひええ。

「あ、あのっ、芹澤さん、ですよね？」

「あ？」

「草太さんから、お名前聞いています」

眼鏡の中の棘が、ふわりと弱まった。

＊　＊　＊

「教員採用試験？」

私はにわかには信じられず、聞いたばかりの言葉を繰り返した。

え、教員採用試験？　芹澤さんは本棚の前に立ち、私に背中を向けたまま不機嫌そうに話を続ける。

「ああ。昨日が二次試験だったのに、あいつ、会場に来なくて。あり得ねえよ」

「昨日が試験日……ええっ？」

私は壁際の草太さんを見る。子供椅子のふりで西日をじっと浴びていて、私とは目も合わせない。

「馬鹿すぎるぜ、あいつ。これじゃあ四年間の努力がパアじゃねえか」

呆れた口調で芹澤さんが言う。芹澤さんが見ているのは、本棚にずらりと並んだ参考書だ。『教員採用試験・マスター教職教養』『教員を目指す人の本』『東京都・過去問集』『らくらくマスター・小学校全科』。色褪せた古書に挟まれて、そこだけが特別な場所のように鮮やかな背表紙が並んでいる。

「昨日はあいつが来ねえのが気になって、俺まで試験の調子が狂っちまったぜ」

芹澤さんは長い前髪を苛々とかき上げ、振り返って私を睨む。

「君さあ！　スズメちゃん、だっけ？」

私は思わず身をすくませる。この人、目付きがめちゃめちゃ悪い。

「草太に会ったらさあ、ムカつくから二度と顔見せるなって言っといて」

「え……」

「ああ、でも二万——」芹澤さんはふと思い出したように私から視線を外し、「二万円……貸してるな」とぼそりと言う。それからもう一度私を睨む。

「そっちは早く返せって」

「え……？」

「なんか家業が大変だとかってのは聞いてたけどさあ——」

細身のブラックジーンズに両指をつっこんで、芹澤さんは玄関へと戻りながらぼそぼそと呟いている。

「あいつは自分の扱いが雑なんだよ……腹が立つ……何があったにせよ連絡くらい出来ねえのかよ。子供かよ。常識ねえのかよ……」

芹澤さんは私にはもう用事も興味もないといった感じで、玄関で靴を履いている。私も慌てて玄関へと走る。先の尖（とが）った靴を履き、芹澤さんはドアを開ける。混乱したままの私をちらりと見て、ごく簡単に言う。

「じゃあね」

ドアから出ていく。

その時だった。ポケットの中のスマホが、突然にブザー音を鳴らした。

「うわ！」

芹澤さんが驚いて立ち止まる。彼のスマホも鳴っている。恐ろしげな不協和音。ジーンズから取り出して画面を見ている。

「地震速報――え、揺れるかな？」

私は無言で靴を履き、芹澤さんの脇をすり抜けて部屋を出た。背中で芹澤さんが何かを言う。私は返事をする余裕もなく、共用廊下の手すりから体を乗り出して街を見る。

「お、止まった」と芹澤さんが言った。スマホの警報が止まったのだ。

「……ちょっとあんた、大丈夫？」と、芹澤さんが私の顔を覗(のぞ)き込んだ。

「……近い」

彼に返事を返す余裕もなく、私は思わず口に出した。思ったより近くに、それはいた。住宅と雑居ビルが建ち並ぶその奥、ここから二、三百メートルほどの距離に、赤黒い胴体がうねっている。ビルに挟まれた空間でゆっくりとのたうつ濁流は、まるで都市空間に放り出された巨大で無意味な赤いオブジェのようだ。それを取り囲むようにして、おびただしい数のカラスがギャアギャアと鳴いている。

「うわ、すげえ鳥！」

私の隣で芹澤さんが、さして驚いたふうでもなく言う。

「あれ、神田(かんだ)川のあたりだよな。川に何かあるのか？」

見えないのだ。肝心なものが、彼には見えていないのだ。カタン、という脚音に私は気づく。

「行こう」

いつのまにか私の足元に来ていた草太さんが、鋭く囁(ささや)く。私は頷(うなず)く。椅子を持ち上げ、走り出す。

「え？　え、おいちょっと、あんた！」

背中で芹澤さんが叫んでいる。私は振り向かない。アパートの階段を駆け下りなが
ら、私は考えている。教員採用試験？　でも――。

でも一言も、草太さんは教えてくれなかった。

空の栓が抜けたとしたら

「私、知らなかった――草太さんの試験のこと！」

西日に照らされた住宅街を走りながら、私は言う。

「昨日だったなんて――どうしよう!?」

「君のせいじゃない」

「でも……だって、私が要石を抜いたから！」

すれ違う学生たちが、子供椅子を抱えて独り言を叫んでいる私をじろじろと見る。

「大丈夫だ」と、宣言するように草太さんは言う。

「今日こそ全てを終わらせよう。後ろ戸を閉じ、猫を要石に戻して、今日こそ俺は元の姿に戻るんだ！」

私は高校脇の坂道を駆け下りる。眼下の突きあたりには広い車道があり、その向こうには激しくうねる赤い濁流が見えている。坂を降りきり、角を曲がり歩道に出る。増え始めた帰宅の人々を左右によけながら、私は横目でミミズを睨んだまま走る。私の右側、車の行き交う四車線道路を挟んでたった数十メートルの距離に、道路と並行するようにして赤い胴体がうねっている。車道の奥は川の流れる窪んだ土手で、ミミズはその上空を這うように流れて来ているのだ。何十羽、何百羽ものカラスが川の上を舞っているのを、人々が不安げに見つめている。

「ねえ、後ろ戸の場所って——」走りながら私は言う。

「ああ、この先、神田川の下流か！」私の手の中で、草太さんが言う。

街路樹に遮られ、ミミズの根本はまだ見えない。この先は御茶ノ水駅だ。帰宅の人通りはしだいに増えていく。よけきれずぶつかり、舌打ちを受け、抱えた椅子に怪訝な視線を投げられながら、私は走る。早く。早くミミズの根本へ。そこには後ろ戸があるはずなのだ。そしてきっとダイジンも――。

ふと、私は違和感に気づく。

あらかわいい、とすれ違った誰かが言う。

私の足元に、ちらちらと視線が向けられる。

わあ、猫！　と、すれ違いざまに誰かが言う。私は足元を見る。

「すーずめ！」

「――ダイジン！」

白猫が、いつの間にか私と並んで走っている。私を見上げ、幼い声で嬉しそうに言う。

「あそぼう！」

「要石！」

草太さんが、怒鳴ると同時に私から飛び降りた。転がるようにして歩道を駆け出していく。ダイジンが逃げる。密集した人々の足の間を、猫と椅子が縫うように走っていく。ええっ、何？　椅子⁉　通行人にざわめきが広がり、皆がスマホを向けて写真や動画を撮る。私は引き離されないように、人々を必死にかきわける。

「ああっ！」

ダイジンが車道に飛び出る。草太さんがそれを追う。車のクラクションがあちこちで響き、皆がシャッター音を響かせる。交通量の多い四車線道路を、二人は何の躊躇（ちゅうちょ）もなく駆け回る。ダイジンがセンターラインを越え、正面からやってきたトラックの下をくぐり抜け、草太さんはその脇をすり抜ける。間髪を容（い）れずに次の車が二人に迫る。ぶつかる寸前に、ダイジンはそのボンネットにひらりと駆け登る。草太さんも車に飛び乗り、その屋根をガタガタと音を立てながら走る。ダイジンが車から大きくジャンプをし、草太さんもそれを追う。両者は頭上に架かったアーチ状の橋に飛び込んでいく。

「草太さん！」

私は叫ぶ。橋の欄干の向こうに消えていく二人の姿が、ちらりと見える。おいあれ見たか？　猫と犬？　椅子じゃなかったか？　興奮した人々の口調を追い越して、私は橋のたもとに辿（たど）りつく。左手に階段がある。駆け登る。日傘を差したおばあさんと肩がぶつかってしまう。「すみません」が息が上がってうまく言えない。ごめんなさいと口の中で必死に思う。階段を登り切り、橋の上に出る。そこでも人々がスマホを構えている。私はレンズの向く先を見る。

車の行き交う橋の真ん中に、草太さんがいた。小さな白い猫を、座面でぎゅっと押さえつけている。二人は何か言い争いをしているように見える。カメラを向けた人々が、あれは何だと戸惑っている。行き交う車も驚いてクラクションを鳴らし、路上の異物を避けて走る。私はその場に立ちつくしてしまう。

「どうしたら――」

と、一台の車が減速しないままに二人に突っこんでいくのが目に入った。轢かれる――そう思った直後、椅子と猫は弾かれるようにその場からジャンプする。車はブレーキ音とクラクションを長くたなびかせて走り去る。草太さんは車道の奥、橋の反対側の歩道に飛び込んでいる。私は思わず駆け出す。――と、

「――わっ!」

すぐ目の前をクラクションを鳴らして車が通過する。私は跳ねる鼓動のまま左右を見、息を止めるようにして一気に車道を走り抜けた。

「草太さん!」

ようやく私は彼に追いつく。ダイジンの姿は周囲にない。草太さんは欄干に立ったまま、じっと橋の下を見下ろしている。私はその視線を追う。

――息を呑んだ。

眼下は神田川で、その土手には電車用のトンネルが大きく口を開けている。そこか

ら、赤黒い濁流が噴き出していた。ごぼごぼと不気味に大気を揺らしながら、不快に甘い匂いをまき散らしながら、淡く発光する無数の糸を絡ませて、ミミズは電車用のトンネルから噴き出していた。

「あの奥に――後ろ戸があるの……？」

ふいに、濁流の中からぬっと電車が顔を出した。銀色の車体が何事もないかのようにトンネルを抜け、ミミズの体を通り抜け、対岸のトンネルへと入って行く。私は絶望的な気持ちで呟く。

「あんな場所、どうやって行ったら……」

ミミズの体は私たちのいるアーチ橋の下をくぐり、川の上流へと伸びている。私は振り返り、その伸びていく先を見る。

ミミズの先端が、鎌首をもたげている。

土手に沿ってずっと上流まで伸びた体の、赤黒く光るその先端が、見えない指につまみ上げられるようにゆっくりと空へと昇っていく。カラスの群れもそれを追って上昇していく。夕日を背にして、一本の赤い濁流は奇妙に美しく輝いている。溶けたガラスに細く長い息が吹き込まれるように、ミミズは輝きながら空へとゆっくりと伸びていく。

「……え？」

その上昇が、ふいに止まった。

土手の両岸に並ぶ高層ビルと同じくらいの高さで、ミミズはぴたりと静止している。まるで考え込むように固まった形のまま、その体表では濁流が音もなくゆっくりと渦巻いている。

「え……止まった？」

「……いや」

と草太さんが言う。その声が震えている。私は思わず彼を見る。足元の地面を、草太さんは見つめている。

「……？」

私も足元を見る。そこはがっしりとした石畳だ。

「――っ！」

靴裏を撫(な)でるような気配をふいに感じて、私は反射的に踵(かかと)を上げた。地鳴り？　足元でなにか大きなものが――大きすぎて視界に収まらないような何かが、軋(きし)んでいる。足元からゆっくりと、ぞわぞわと悪寒が這い上がってくる。私は冷たい汗をかいている。気づけば、鳥もセミもぴたりと鳴き止んでいる。乾いた電車の音だけが、奇妙な静寂の中で場違いにのんびりと響いている。

「……だめだ」

と、とても苦しそうな声で草太さんが呟いた。私が彼に目をやったその瞬間――。

ドン！

地面が、大きく縦に弾んだ。私はその勢いで数センチも宙に浮き、バランスを崩して地面に膝(ひざ)をつく。橋に並んだ街灯が、大きな金属音を立てながら振り子のように揺れている。と、ポケットの中のスマホが大音量で警報を鳴らし出した。恐ろしい不協和音のブザー音と、『地震です』と繰り返す合成音声。同時に、あちこちで人々のスマホも鳴り出す。悲鳴とざわめきが広がっていく。私は慌ててスマホを取り出し、画面を見る。赤と黄色の文字で、「緊急地震速報・関東内陸・強い揺れに備えてください」と表示されている。

「――！」

体がこわばる。でも、次の瞬間にその表示は消える。警報も止まる。周囲のスマホも鎮まり、人々のざわめきも収まっていく。地面はもう揺れていない。

「止まった……え、どういうこと⁉」

一度の縦揺れだけだった。ミミズは静止したままだ。私は草太さんを見る。椅子の顔が蒼白になっているように、私には見える。

「……抜けたんだ」

「え？」

「二つ目の要石が！」

どういうこと、という問いが喉に詰まる。トンネルから泡立つような低音が響いてきている。私は弾かれるように橋から見下ろす。トンネルから生えたミミズの根本が、膨らんでいる。まるでホースの先を誰かの足が踏んだかのように、ミミズの根本に巨大な瘤が出来ている。それはぶるぶると震えながら膨らんでいく。

「――全身が出てくる！」

草太さんが悲痛に叫んだその瞬間、瘤が弾けた。トンネルからものすごい勢いで濁流が溢れ出し、ドンという地響きとともに、ミミズの尾がトンネルから抜けた。橋の下を、巨大な蛇のような奔流が流れ去っていく。強い風が巻き上がり、叩くような強さで私の肌を打つ。と、奔流の上にちょこんと白い猫が乗っているのが目に入る。

「ダイジン！」私は叫ぶ。草太さんが、猫を見たまま低い声で言う。

「……大震災は絶対に防ぐ。鈴芽さん、」

「え」

「行ってくる」

カタンと欄干から踏み出して、草太さんは突然に橋の下に身を投げた。

「ええ!?　草太さん！」

私は悲鳴を上げる。追うように上半身を欄干から乗り出す。椅子はミミズの濁流に吸い込まれ、橋の下をくぐって流されていく。反射的に振り返り、私はミミズの行く方向に走り出す。車道に飛び出る。右耳から車のブレーキ音が聞こえ、左耳にはクラクションが迫る。構わずに私はもっと速く走る。左耳のすぐそばで急ブレーキが響き、それは背中を擦(こす)るように過ぎていく。橋を横断した私は歩道に駆け込み、その勢いで欄干に飛び乗る。周囲の人々がどよめく。橋をくぐったミミズの濁流は、目の前で急カーブを描いて上昇している。人々には、橋の欄干に乗って宙を凝視する私だけが見えている。でも私には――。

「草太さん、待って！」

叫びながら、私は橋から飛び降りる。人々が悲鳴を上げる。

「鈴芽さん!?」

上昇するミミズに絡まった草太さんが、驚いて脚を伸ばす。私はぎりぎりでそれを掴(つか)む。とたん、ぐん、という勢いで体が加速する。ミミズと一緒に、私の体は空に引き上げられていく。ぶらぶらと揺れるだけの私の足先から、左のローファーが脱げてしまう。靴は回転しながら地上へと落ちていく。私は右手で椅子の脚を摑んだまま、左手では必死にミミズの表面に指を食い込ませる。生ぬるい米粒を握るような感触がある。ぐちゃぐちゃと手の中で潰れる粒を、私は必死に摑む。私たちの体はミミズに乗ったまま、カラスの群れを突きぬけて昇っていく。風圧に逆らって、私は必死に体を持ち上げる。

「君は──」

ようやく草太さんの隣に、私はしゃがみ込む。草太さんが怒鳴る。

「なんて無茶を！」

「だって、一人で行っちゃうなんて──きゃあ！」

米粒状の体表が、どろりと溶けるようにして抜けた。

「鈴芽さん！」

彼の声が頭上に離れていく。私は虚空を落ちていく。視界が回る。声にならない悲鳴を、私の喉が上げている。ミミズの支流のような枝が下から迫るのが見え、追い越しざまにとっさに手を伸ばす。摑む。が、それは緩い粥のような感触でぐちゃりと崩れてしまう。体が落ちていく。視界が回る。地上のビル群が、夕日を反射しながら私の視界を何度もよぎる。

「鈴芽さん、今助ける！」

声がどこからか近づいてくる。けれど見えない。

「そ——！」

何かがお腹にぶつかった衝撃で、ぐっと声が途切れる。椅子だ。ジャンプした草太さんが、私の体を押している。

「ッ！」

ぐちゃっという感触で、私は椅子を抱えたまま何かに着地し、ごろごろと何度か回転し、ようやく止まった。

「大丈夫か？　鈴芽さん！」

「草太さん！」

草太さんを抱いたまま、私は上半身を起こす。弾力のある氷のようなものの上に、私たちはいる。ゼリーの奔流のようだったミミズの体が、ここでは柔く固まっているのだ。ミミズの体内を流れる泡状の粒子が、氷の下の小魚の群れのように透けて見えている。草太さんが腕の中で言う。

「ミミズの表面は不安定だ。俺たちは離れない方がいい」

「うん――！」

私たちを乗せ、ミミズの体は上昇していく。見上げるとその先端は、夕空にゆっくりと巨大な渦を描き始めている。

❖　❖　❖

見えないミミズが東京の上空に広がっていく、その頃。

学校を終え、会社を終え、人々は解放されたような気分で夕暮れの街を行き交っている。

大気は人の息と声で満たされ、あちこちの店や住宅からは夕食の匂いが漂い、街には太陽の明るさを置き換えるようにしてカラフルな電灯が灯っていく。ペンキが塗り重ねられていくように、夕暮れ時には人々の営みがだんだんと濃くなっていく。

人々は気づかない。

沈んでいく赤い太陽の手前に、いつもとは違う奇妙な揺らぎがあることを。

高層ビルの艶やかな窓ガラスに、渋滞のフロントガラスに、ミネラルウォーターが注がれたグラスの縁に、ジョギングの人々が行き交う皇居堀の水面に——奇妙な虹色がうっすらと映り込んでいることを。屋上に並んで空をじっと見つめる鳥たちの瞳に、渦を巻く巨大な濁流が映っていることを。

人々はうきうきと考えている。

これから会う恋人との時間を。一人で楽しむ夕餉のことを。待ち合わせた友達との会話を。迎えに行った時の子供の笑顔を。

人々はもう、ほとんど忘れかけている。

すこし前に発生した短い地震のことも。

少女が橋から飛び降りたように見えたことも。

その少し後でなぜか空から落ちてきた、片方だけのローファーのことも。

でも鳥たちと——私たちだけには、見えている。

東京の空に広がった、巨大な赤い渦が。まるで空のてっぺんの栓が抜けて、赤い泥水が回転をしながら吸い込まれていくよう。その渦はいつまでも消えずに、むしろ広がりを増していく。首都にすっぽりと蓋をするかのように、その渦は空を大きく覆っている。

私は草太さんを抱えて、その渦の上を、走っている。

❖　❖　❖

「ミミズが——街を覆っていく！」

私は思わず叫ぶ。草太さんを抱えて、私はミミズの上を走っている。その体表は、今では弾力のあるアスファルトのように半透明に固まっている。私の視界の先には霞んだ地平線があり、眼下には無数の建物が見えている。その全てを覆うように、ミミズの支流が広がっていく。一本一本の支流が、複雑な渦を巻いている。遠目には、それは赤い眼のように見える。無数の発光する赤い眼が、東京を無表情に見下ろしている。

「草太さん、これって——」

「ああ、これが地上に落ちたら、関東全体が……」

怒りなのか恐怖なのか、その声は震えている。

「もう、要石を刺すしか手はないんだ。ダイジンはどこに……！」

猫がどこにいるのかも分からず、気づけば私たちはミミズの中心に向かって走っている。とぐろを巻いたミミズの体は巨大な円盤状になっていて、その中心が、今では盛り上がった赤色の丘になっている。地面の中を流れる稚魚のような気泡の群れも、その丘に向かって吸い上げられるように流れている。夕日を後ろに隠し、赤い丘の輪郭は黄昏の空にぼんやりと輝いている。悪夢の中にいるみたいに、不気味に美しい風景の中を私は走っている。

「すーずめ！」

幼子の声が、ふいに響いた。

私は立ち止まる。声の方向を見上げる。細い枝木のようなピンク色の触手が、丘の周りに何本も生えている。その一本の枝の上に、ダイジンがちょこんと座り込んでいた。風に吹かれ、枝ごとゆらゆら揺れている。感情のない黄色い瞳で私を見下ろしている。

「みみずがおちて　じしんがおきるよ」

子供のようなその高い声には、しかし嬉しそうな感情の響きがある。

「ダイジン！」「要石！」

私たちは同時に叫ぶ。草太さんが私の手から飛び降り、駆け出す。――と、ぎぎっと軋むような音を立て、椅子の動きが不意に固まる。かたん、と草太さんは横に倒れてしまう。

「草太さん？」私は椅子を持ち上げ、「どうしたの⁉」と覗き込む。うふふふ、と聞こえる笑いが、頭上から響いた。見上げると、黄色い瞳がさらに大きく見開いている。

「いまからたくさん　ひとがしぬ」

「——っ！」

私は草太さんを抱えたまま、枝木の根本まで走る。走りながら猫に叫ぶ。

「どうしてそんなことするのっ⁉　あんた、いいかげん要石に戻ってよ！」

「むり」そんなことも分からないの？　と諭すような声色で猫が言う。

「だいじんは　もう　かなめいしじゃない」

「え？」

ふわりと、ダイジンが枝から飛び降りる。椅子の座面に音もなく着地する。草太さんにぎゅっと顔を寄せ、私には聞き取れない言葉で何かを短く囁く。

「このっ！」

私は片手でダイジンの首根っこを掴もうとする。が、猫はひらりと椅子から飛び降りる。私はかがんで押さえつけようとする。すり抜けられる。からかうようにダイジンは私の周りをぐるぐると回りながら、決して手を届かせない。だめだ。

「どうしよう、草太さん……！」

息を切らしながら、私は手の中に訊ねる。返事がない。

「草太さん？」

「……すまない、鈴芽さん」

ゆっくりと、草太さんが答える。

「え？」

「すまない――」

草太さんは繰り返す。どうして謝るの、と私は思う。奇妙にゆっくりと、草太さんは喋る。

「ようやく分かった――今まで気づかなかった――気づきたくなかった――」

「え、ちょ、ちょっと」

冷たい。草太さんを持った私の指先が、冷たい。

「今は――」

「今は――俺が要石なんだ」

草太さんは冷たくなっていく。うっすらとした霜が、椅子の表面を覆っていく。

「え……？」

椅子を覆った霜は、だんだんと厚みを増していく。氷になっていく。草太さんの声は、温度をなくしたように平坦になっていく。

「椅子に変えられた時――要石の役割も――俺に移っていたんだ」

ああ、そうか、と、感情より先に私の頭が彼の言葉を理解する。でも、私の感情は乱されていく。混乱していく。草太さんの顔が、椅子の背が、氷に埋もれていく。ああ、と長く息を吐くように彼が言う。

「ああ――これで終わりか――こんなところで――」

「草太さん？」

凍っていく。軽かった子供椅子が、石のように重くなっていく。

「でも――俺は――」

凍っていく椅子の中から、くぐもった声がする。

「俺は――君に会」

声が途切れる。その瞬間、抱えたそれは椅子ではなくなる。もう草太さんじゃない。

私はそれを指先で知る。体で分かる。でも、心は理解を拒んでいる。

「草太さん！」

私は叫ぶ。いやだ、と心が思う。椅子だったものは完全に氷に覆われて、短く尖った剣のような形になっている。いやだ。こんなのはいやだ。私は何度も叫ぶ。

「草太さん、草太さん、草太さん、草太さん――!」

「もうそれ　そうたじゃないよ」

ダイジンが、弾むような足どりでこちらに歩いてくる。

「ダイジン、あんた――!」

私は猫を睨みつける。視界が滲んで揺れている。私は泣いているのだ。両の目が、だらだらと涙をこぼしている。そんな私の顔を見て、無邪気な子供の声が言う。

「かなめいし　みみずにささないの?」

「そんなこと――」

「だってえ」ちょこん、と私の目の前にダイジンは座る。

「みみずがおちるよ?　じしんがおきるよ?」

そう言われて、私は気づく。

「……落ち始めてる!?」

ミミズの体が、もう充分に重くなったとばかりに、ゆっくりと地上に向かって落ちている。雲がゆっくりと上に流れ、体がかすかに浮き上がるような感覚がある。

「草太さん!」

私は両手に力を込めて、椅子だったものに向かって叫ぶ。

「草太さん、お願い、起きて、草太さん！」

「もうー」仕方ないなあ、という声をダイジンが出す。前脚でちょんちょんと私の腿(もも)をたたく。

「それ　そうたじゃないよぉ」

私は堪(たま)らずに片手を振って猫をぶとうとする。するりと、猫はそれをかわす。

落下の速度が増していく。体の浮遊感が増していく。髪が吹き上げられている。地上がだんだんと近づいている。

「草太さん！」声を限りに私は叫ぶ。

「ねえ！　私どうしたらいいの⁉　草太さん、草太さんっ！」

「ひとが　いっぱいしぬねえ」

のんびりと腹ばいになったダイジンが、黄色い瞳(ひとみ)を見開いている。

「いよいよだねえ！」

感情のなかったその瞳には、今ではわくわくとした昂揚(こうよう)がある。

もういやだ――と私は思う。もうこんなこと、私はいやなのだ。

私には見える。想像が出来る。出来てしまう。いつの間にか空はすでに昏(くら)く、星がちらちらと輝き始めている。地上の人々はそれぞれの目的地に向かい、駅を歩き、交差点を歩き、電車に乗っている。誰かと夕食を食べている。コンビニで何かを買っている。誰かにメッセージを打っている。クラスメイトとどきどきしながら並んで歩いている。大好きなお母さんと、手をつないで家に向かっている。夏の終わりの空気を、爛(ただ)れた臭気とはまだ無縁のすがすがしい夜の匂いを、胸いっぱいに吸い込んでいる。

私には見える。

彼らのその頭上には、真っ赤に熟して王冠のように開ききった巨大な果肉が、無言のままに浮いている。

それが落ちてくる。すぐそこまで迫っている。

呼吸が苦しくなっていく。さっきから全身の震えが止まらない。いやだ。もういやだ。こんなのって。

「もうやだよ――」

私は声に出す。心がぐちゃぐちゃになっている。目をぎゅっとつむっているのに、栓が壊れてしまったみたいに涙がだらだらと溢(あふ)れている。私は両手に持った要石を、高く持ち上げる。目を開く。滲んだ視界でそれを見る。それはもう、彼じゃない。先端の尖った、それは氷の槍(やり)である。ゆっくりと目をつむる。それを振り上げる。

「うわあぁぁぁぁっ！」

体に残った力の全部を絞って、私は要石をミミズに突き刺した。

とぐろの中心を、青い閃光が貫いた。

次の瞬間――関東全てを覆うほどの大きさだったミミズの体は一点に圧縮され、地面に吸い込まれるようにして消え失せた。跡には空に吸い上げられていた地気だけが残されたが、次の瞬間にはそれも一気に弾けた。それはオーロラのような空の波紋となり、数十秒の間、東京の夜空に明るく鮮やかにたなびいた。虹色にきらめく小雨が、東京中の屋根をさっと洗った。人々は驚き、はしゃぎ、皆が写真を撮り共有し、不思議な夜の虹はいっとき人々の心を楽しませた。

一方で、同じ頃に夜空を落下する少女の姿に気づいた人は誰もいなかった。ぐったりと気を失ったその体は、ゆっくり回転しながら風を切り裂いて落ちていた。そのすぐ近くを、同じように一匹の仔猫が落下していた。猫は落ちながらも少女の体に爪をかけ、その体に取り付き、少女の頭を守るようにして小さな体で抱き込んだ。高層ビルの高さを過ぎ、いよいよ地表が近づいた時、仔猫の体が突然に膨らんだ。それは人よりも大きな獣となり、少女をしっかりと抱きかかえた。

次の瞬間、暗い水面に高く水飛沫が上がった。そこはビルに囲まれつつも東京の中心にぽっかりと遺された、古く広大なお濠だった。水音が高い石垣に反響し、眠っていた水鳥が驚いて飛び立ち、水面は大きく波立った。やがてそれも収まり——この出来事は誰にも気づかれぬままに、夜の静寂が再びあたりを包んだ。

もう二度と

とんとん。

気まぐれなリズムみたいに、くすぐったい音が響く。

とんとん、とん。とんとん。

この音はなんだっけ。

お母さんが朝ごはんを用意する音？　隠れんぼでの「いますかー」のノック？　お母さんに気づいて欲しくて、私がナースステーションの窓をノックした音？　潮風に飛ばされた小石が、家の窓を打つ音？

とんとん、とん。

違う。木槌の音だ。じゃあ、これはあの日――私の四歳の誕生日だ。

私は目を開く。

お母さんが、庭で木槌を打っている。私の家の、光がいっぱいに溢れた小さな庭で、お母さんが広げた段ボールの上にあぐらをかいて何やら工作をしている。木の板や棒、かんなや糸のこぎりなんかが入った工具箱が、周囲には並んでいる。

「おかあさん、まだあ？」

と、私が言う。その声は舌足らずで、まだ幼くて甘い。

「まだまだ、まだ」

と、歌うようにお母さんが答える。お母さんの長い髪を、金色の光が縁取っている。長い睫毛にも、私のものよりもずっとふっくらとした唇にも、金色の光が水滴みたいに乗っている。

お母さんは縁側に私を立たせて、巻き尺を使って脚の長さを測る。のこぎりで棒を何本か切る。電動ドリルを使って、木の板に穴を開ける。料理も運転も工作も、私のお母さんは何でも上手に出来るのだ。

「ピンクと青と黄色、どれが好き？」

ペンキの缶を並べて、お母さんが私に訊く。

「きいろ！」

と私は答える。その時ちょうどモンキチョウがお母さんの後ろで舞っていて、それがすごく可愛いと思ったからだ。

ぱかん、という音を立ててお母さんがペンキの缶を開けると、わくわくするような匂いが庭に広がる。刷毛にたっぷりとペンキをつけ、三十センチ四方ほどのサイズに切り揃えた二枚の板に、お母さんは色を塗っていく。つやつやとした黄色は五月の陽射しを反射して、眩しい光をあちこちに投げかける。

お昼ご飯には、焼きうどんを二人で食べる。午後にはペンキはすっかり乾いている。鮮やかな黄色に塗られた板を触ると、きゅっきゅっと不思議な手触りがする。お母さんはその板に、何本かの棒を挿していく。とんとんとんとん、と木槌がまたくすぐったい音を響かせる。

「ねえー、まだあ?」

私はちょっと飽きてきて、花壇に小石を並べながら不満げに言う。お腹がいっぱいで、とろりと眠い。

「そうねえ――」

じらすようにお母さんが言う。とんとん、とんとん。そして私を見て、にっこりと笑う。

「完成! お誕生日おめでとう、鈴芽」

お母さんは、黄色い椅子を私に差し出す。

「わあー」

私は嬉しい声を上げる。上げるけれど、何だかちょっとぴんと来ていない。その椅子は、四角い背板と座面に木の棒がはめ込まれた、とてもシンプルな形をしている。何かもうちょっと劇的なものを、幼い私は期待していたのだ。

「ねえ、この子のお顔って、ここ？」

と、私は背板を指差して言う。

「え？　これ椅子よ、鈴芽専用の！」

お母さんは苦笑し、ちょっと待ちなさい、と私に言う。

椅子を手に持ち、すこし考えてから、お母さんは背板に鉛筆で二つの丸を描く。工具箱から彫刻刀を取り出し、背板に窪みを彫っていく。彫り終えた二つの窪みを紙やすりで滑らかに整え、そこにまたペンキをさっと塗る。椅子の背板が、ぱっちりとした瞳のある顔になる。

「はい！　どう？」

「うわぁー！」

私は今度こそ、心からの歓声を上げる。瞳のある黄色い椅子は、今にも喋り出しそうな顔をしている。私と友達になりたがっているように見える。眠気も退屈も、あっという間に吹き飛んでしまう。

「すずめせんようだー！」

私は椅子に座る。私にぴったりの大きさで、せんようだー、と私はまた繰り返す。

「おかあさん、ありがとう！」

私は椅子に座ったまま、隣にかがみ込んでいたお母さんに飛び込むようにして抱きつく。私たちは三人でもつれ合うように、庭に転がってしまう。お母さんの胸に乗ったまま、私は自信満々に宣言をする。

「ぜーったい、ずっと、いっしょうだいじにするからね！」

「一生⁉　それはお母さん、作った甲斐(かい)があったわ」

お母さんは笑う。私も嬉しくて笑う。私たちの笑い声も、あの日の庭の光も、海岸から聞こえていた波音も、時折さえずっていたウグイスの鳴き声までも、全てがくっきりとここにある。ずっと忘れていたのに、もうよく覚えていないと思っていたのに、それらは自分でもたじろぐほどの鮮明さで、今も私の中にあったのだ。

温かな泥のようなまどろみを惜しみながら、私はゆっくりと、夢から覚めた。

*　*　*

耳元で、低く風が鳴っていた。

ちょろちょろと流れる小さな水音が、風の音に混じっている。

私は目を開く。

周囲は暗かった。ずっと高い頭上に、青みがかった淡い光がある。それはあまりにも淡く、瞼の裏に映ったでたらめな模様にも見える。自分が本当に目を開けているのかどうか、私は不安になる。何度かぎゅっぎゅっとまばたきをする。

「……」

やがて目が暗闇に慣れていく。ぼんやりとした映像を、私の目は捉え始める。天井は四、五階建てのビルほどの高さがあり、巨大なブロックを組み合わせたような奇妙な凹凸がある。所々にある直線的な切れ目から、淡い光がうっすらと差し込んでいる。人工の施設にしては秩序がなく、天然の洞窟にしては幾何学的過ぎる形の巨大な空間に、私は仰向けに横たわっている。背中に接した石の地面は、うっすらと湿っている。

「ここって……」

呟(つぶや)きながら上半身を起こす。キュロットパンツのポケットに手を入れて、スマホを取り出す。衣擦(きぬず)れの音が、トンネルの中にいるみたいに大きく響く。

「どこ……？」

サイドスイッチを押すと液晶画面が眩しく光り、私は思わず目を細める。マップを開く。いつもよりすこしだけ時間がかかって、地形が表示される。画面いっぱいに川の地形があり、現在位置はその真ん中である。

「川の——下？」

もっと広い範囲を見ようと、地図を指でつまんで縮小する——と、ふっと画面が消えてしまう。充電を促す赤いバッテリーアイコンが画面に表示され、それもすぐに消える。

「ああっ！」

私は肺から息を吐く。バッテリーが完全に死んでしまった。頭はまだ霞(かすみ)がかかったようにぼんやりとしている。夢の残響が、耳の奥にまだかすかに残っている。湿った地面に座り込んだまま、私はゆっくりと周囲を見渡す。

「あ……」

遠くに小さな光がある。私のいる広間からは何本かの通路が延びていて、その一本の奥に、青く淡い光がある。

「草太さん……？」

思わず呟きながら、私は脚に力を入れて体を起こす。立ち上がる時の違和感で、左足の靴を履いていないことに気づく。

「そうか……」

光に向かって歩きながら、私は徐々に思い出していく。上昇していくミミズから、私は片方の靴を落としたのだ。それから——椅子を——要石を、ミミズに刺したこと。直後にミミズが消え失せ、空から落ちたこと。それから——。

「……！」

通路を抜け、目の前の光景に私は息を呑んだ。

そこは廃墟だった。とても古い時代の廃墟が、地下空間に広がっていた。

「ここって——」

その廃墟は、全てが木と石で出来ていた。屋根は全て瓦で、柱は全て木製で、塀は全て石組みだった。そんな廃墟の中央に、ひときわ巨大な城門がぽつんと立っていた。その城門だけが、崩れた廃墟の中で唯一形を保っていた。城門には大きな両開きの扉があり、そしてその中には、星空があった。

「──東京の後ろ戸⁉」

私はとっさに駆け出す。パシャッと音を立て、足が水を踏んだ。城門の周囲には、冷たい水が薄く溜(た)まっていた。

「ああっ!」

門の前に立った私は、驚きの声を上げた。城門の中にはぎらぎらと輝く常世の星空があり、その下に、真っ黒な丘がシルエットとして見えていた。その丘の頂上に、小さく刺さった何かがあった。

椅子だった。

椅子の脚が、黒い丘となったミミズの体にしっかりと食い込んでいた。

「草太さん!」

私は駆け出した。その丘は、ずっと遠くにも、手が届くほど近くにも見えた。遠近が混じり合っていた。走る。門に迫る。扉をくぐり、丘の麓(ふもと)に来たと思えた瞬間──。

「ええっ⁉」

そこは、元の暗い廃墟だった。振り返る。くぐり抜けた城門があり、門の中には、やはりぽっかりと常世がある。九州でダイジンを抜いた時と──最初のドアと、同じだった。

「入れない……！」

でも、見えているのだ。こんなに近くに、彼はいるのだ。私はまた走り出す。が、靴を履いた方の足がつまずき、水の中に転げ込んでしまう。冷たくざらついた水が口に入る。私はすぐに起き上がる。水を吐き出し、右足の靴を剝ぎ取るようにして脱ぐ。靴下だけの両足で走り出す。門をくぐる。

「――！」

だめだ。そこは元の廃墟だ。振り返ると草太さんは門の中、黒い丘の頂にいる。

「……常世にいるんだ」

絶望的に、私は呟く。でも。だって、彼はそこに見えるのだ。

「草太さん！」

私は叫ぶ。

「草太さん、草太さん！」

返事はない。膝から力が抜けていく。

「草太さん――草太さん……！」

立っていられなくなり、私は水に膝をつく。叫ぼうとした声が、ほとんど息になる。

「草太さん……」

突然に子供の声がした。叩かれたように声の方を見ると、暗闇に黄色く光る丸い目がある。リズミカルな水音を立てて、尻尾をぴんと立てたシルエットが近づいてくる。膝立ちになった私の太腿に、それはすりすりと身をこすりつけてくる。ひいっと息の悲鳴が私から出る。

「すーずめ」

「すずめ　やっとふたりきり」

「ダイジン！」

白い毛並みから逃げるように、私は立ち上がる。

「あんたのせいで――」怒りが込み上げてくる。「草太さんを返して！」

「むり」

「どうして⁉」

感情のない瞳と無邪気な声で、猫が言う。

「もう　ひとじゃないし」

「――！」

私はかがんで、ダイジンを両手で掴む。

「わあ！」と、ダイジンは嬉しそうな声を上げる。私は怒鳴る。

「草太さんを戻してよ！」

「すずめ　いたいよぉ」

甘えた声。私は握る力をもっと強める。

「戻しなさい！」

「いたいってばー　すずめー」

「あんたなんか――！」

仔猫の柔らかな体は、いかにも小さくて脆い。あとすこし力を込めれば、きっと全身の骨がぽきぽきと折れてしまう。ダイジンの口から、にゃ、にゃ、と細い悲鳴が漏れる。幼子の声が、苦しそうな声を出す。

「すきじゃないのぉ？　だいじんのこと？」

「はあっ？」

耳を疑う。

「好きなわけ――」

「すきだよねえ？」

「大っ嫌い――！」

と叫びながら、私は摑んだ両手を振り上げる。猫がまた悲鳴を上げる。握り潰し、骨を折り、冷たい水に叩きつけ——その想像がさっと頭をよぎる。リアルな触感がありありと手に浮かぶ。残虐さの昂奮とその後味の悪さが、私の背筋を駆け抜ける。強く握った手の中で、小さな心臓が必死に跳ねている。

「……」

——だめだ。力が抜けていく。私には出来ない。振り上げた腕がもう重くて、だらりと落ちる。私は指を開き、猫を放す。パシャッと水音を立て、ダイジンは私の足元に落ちる。四つ足で立ち、顔色をうかがうような目で私を見上げる。

「……どっか行って」

と私は言った。目の奥が不快に熱い。私はまた泣いている。

「二度と話しかけないで……」

「すずめ……」

ぶるるっと、ダイジンは体を震わせる。ふいに、猫の体が痩せていく。ふくよかだった丸い体が、空気が抜けるようにみるみる骨張っていく。眼は眼窩に落ち込んでいき、寿命をとうに過ぎた老猫のようなみすぼらしさになっていく。

「——すずめは」掠れた声で猫が言う。

「だいじんのこと　すきじゃなかった……」

そのままとぼとぼと、ダイジンはいずこかへと去って行く。小さな足音が、背中で遠ざかっていく。

私は後ろ戸の前に、一人きりで取り残される。

——どうすればいいのよ、と私は思う。

腹が立っていた。不安で、苦しくて悲しくて、孤独だった。これからどうしたら良いのか、私は分からなかった。ほんのこの次にすべきことが、私にはぜんぜん見当もつかなかった。一分後、五分後、私は何を考え、どこに行き、何をすれば良いのか。何も思いつくことが出来なかった。涙はまだ、両の目から勝手にだらだらと流れ続けていた。それが止まるまで、私はその場にじっと立ちつくしていた。冷たい水に浸かり続けた両足には、もう何の感覚もなかった。

＊　＊　＊

城門の大扉には、よく見るとミミズの残滓があちこちにこびりついていた。すり潰した米粒のような細長い筋が扉の表面には幾筋も残されていて、それらはまだ赤黒い光をかすかに発していた。ここからミミズが出て、この中にミミズは戻ったのだ。

閉めないといけないんだ、と私は思った。

分厚く重い木の扉を、私は両手で押した。初めはびくともしなかったが、やがて扉は軋んだ音を立て、ごくゆっくりと動き始めた。しかしすこしでも力を緩めると、扉はまるで岩壁に押しあてたかのように全く動かなくなった。動かすには、全力で押す必要があった。私は両肘を扉に押しつけ、頭を低くかがめ、力を振り絞って全身で押し続けた。体から汗が噴き出て、踏ん張った足裏からは血が滲んだ。足元の透明な水が私の血で茶色く汚れていくのを、私は扉を押しながら無心で見つめた。たぶん三十分くらいの時間をかけて、私はなんとか両方の扉を閉じた。足も腕もじんじんと痺れ、体中が絞り尽くされたみたいにくたくたに疲れていた。気を抜くと水の中に倒れ込んでしまいそうだった。

私は何度か深呼吸をしてから両脚に力を入れて、首から下げていた閉じ師の鍵を握りしめた。そして目をつむり、この廃墟にかつてあったであろう情景を想った。

――やがて手の中の鍵が呼吸をするように熱を帯びていき、どこからか囁き声が聞こえ始めた。男女の入り混じったその声たちの記憶はしかしあまりに遠く、建物の間を吹き抜ける小さな風音のようだった。それでも鍵から伸びた光は、扉の表面に淡く揺らぐ鍵穴を描き出した。三つ葉が丸く並んだ文様のような形だった。私はそこに、閉じ師の鍵を挿した。挿し込んだまま、絶対に助けに行くから——と、もう一度心に誓った。

「お返しします」

そう言って鍵を回すと、何かがしっかりと閉じられた感触が手に残った。

風の流れを頼りに、入ってきた通路とは別の方向に、私は歩いた。風の流れは微(かす)かだけれど一定で、その向かう方向は緩い上り坂だった。濡(ぬ)れた地面は、すぐに乾いた岩となった。私のいる地下空洞は、明らかに人の手で掘られた人工的な洞窟(どうくつ)だった。壁にも天井にも、何かの工具で削ったような直線的な筋が何本も伸びていた。地面や壁の所々に、墨で書いた文字らしきものが消えかけて残っていた。天井付近の細い隙間から淡い光が差し込んでいて、あたりの風景を月明かりのようにぼんやりと照らし出していた。今が何時なのか、朝なのか昼なのか、私には見当もつかなかった。冷たい水に麻痺(まひ)をしていた足は、今では焼けるようにじんじんと痛んでいた。千果(ちか)にもらった白い靴下は、いつの間にか赤黒く乾いた血の色になっていた。

歩き続けるうちに、周囲の壁がすこしずつ変化をしていることに私は気づいた。鑿(のみ)の筋のある岩壁に、煉瓦(れんが)で固めた壁が混ざるようになり、そのうちにコンクリートの法面(のりめん)が現れた。足音の響き方が変わり、錆(さ)びついた鉄の手すりが現れ、それはコンクリートの階段に続いていた。

細いトンネルの中の階段を、私は登った。それはしばらくまっすぐに続き、時折広い踊り場があり、またまっすぐに続いた。トンネルの天井には、細いパイプが絡み合ってへばりついていた。私は時々踊り場に座り込んで体を休め、でたらめな模様のような天井のパイプをぼんやりと眺め、足の痛みが引いたらまた歩き出すということを繰り返した。何も考えられなかった。考えたくなかった。私はただ無心で階段を登り続けた。やがて冷たい風の中に、何か異質な臭いが混じりはじめた。嗅(か)ぎ慣れた、よく知っているはずの臭いだった。それなのに、それが何なのかなかなか思い出せなかった。車の排気ガスだ――私がようやくそう気づいた頃に、頭上に小さなドアが見えた。

鉄の丸いハンドルを回し、小さなスチール製のドアを開けると、目の前を車が行き交っていた。私は壁から上半身を乗り出して、恐る恐るあたりを見回した。オレンジ色の薄暗い照明に照らされた、そこは自動車用のトンネルの中だった。脇の壁には、緑色の誘導灯や、ＳＯＳと書かれた非常用電話が並んでいる。二百メートルほど先に、トンネルの出口が白く光っていた。私は壁に手をつき、たぶん点検用であろう細い通路を早足で歩いた。車とすれ違うたびに、ドライバーが驚いた顔で私を見た。人のいないはずのトンネルを歩く私の姿に、ある人はぽかんと口を開け、別の人は不思議そうに目を細め、またある人は咎めるような目付きになった。別の人はとっさにスマホで写真を撮っていた。出口の光に近づくにつれ、暗闇に慣れていた私の目は刺されるように痛み始めた。でも構わずに、私は歩く速度を速めた。足の痛みはいつの間にか消えていた。

トンネルの出口には作業員のためのグレイの鉄階段が接していて、私はそこを駆け登った。足裏が鉄板を過ぎ草を踏むと、朝日が目を射した。登り切ったそこは、建築資材が置かれた小さな空き地だった。眩しさに涙の滲む目で、私は眼前の風景を見渡した。鉄柵の向こう、遠くの地平線にはずっしりとした四角い高層ビルが並んでいて、朝日はその隙間から昇ってきたばかりのようだった。

「ここって……」

見つめながら、私は小さく声に出した。

眼下には、深緑色の水をたたえた巨大なお濠があった。その土手は城壁のような巨大な石垣になっていて、その上に、緑がこんもりと繋った広大な森があった。白壁に黒い屋根瓦を乗せた低いお城のような建造物が、緑の中にぽつぽつと埋もれるように建っていた。朝日に輝く近代的なビルに囲まれて、そこだけが時間から取り残されたような古い森となっていた。東京に来たことのない私でも、この場所のことは知っていた。

「皇居――」

今まで自分がどの場所の地下にいたのか、私はようやく理解した。

朝の空気を切り裂くように、ヒヨドリが鋭く鳴いた。見上げると、空は今日も無意味に馬鹿みたいに青かった。

五日目

あなたが入れる唯一のドアは

朝日に照らされた自分の姿は、ちょっとびっくりするくらい酷かった。

全身が泥と擦り傷だらけで、服はあちこちが破れていて、デニムジャケットの肩口は糸がほつれて袖が抜けかけていた。靴下は乾いた血と泥で見たことのないような色に汚れていた。でも、どうしようもなかった。服や靴を買おうにもお金はないし、スマホのバッテリーは切れていた。そもそも今はまだ早朝で、お店が開いているはずもないのだった。土地勘のない私には、ここがどのあたりなのかも分からなかった。

せめてもと、私は資材置き場の陰で服にこびりついた泥を丁寧に払い、髪を手で整えた。それからお濠とは反対側の鉄柵を登り、歩道に降りた。ちょうど通りかかったサラリーマンが、ぎょっとした顔で私を見た。でも何も言われなかった。こちらをちらちらと振り返りながら、それでもその男は止まらずに去って行った。

そこは「内堀通り」と書かれた、ごく普通の車道沿いの道だった。私は近くにあったコンビニに入り、窓際に設置されたフリーの充電コーナーにスマホを挿した。店の隅に立ったまま電源が回復するのをじっと待っていると、若い男性店員と目が合った。彼は眉をひそめて私をしばらく眺め、でも結局は何も言わず、店の奥へと戻っていった。それからしばらくすると、私と同じ年くらいの女子高校生の二人組が店に入ってきた。彼女たちは私の姿を目にすると、数メートルの距離で立ち止まったまま、顔を寄せひそひそと何かを囁きあった。あの子靴履いてないよとか、ヤバいあれ血じゃない？　とか、虐待とかかな声かけてみたらとか、そんな声が小さく聞こえた。どうも本気で心配をしてくれているらしく、話しかけられたらどう言い訳しようかと考え始めたところで、フォン、と小さな電子音を立てて液晶が灯った。私は急いで充電ケーブルを抜き、大股で歩いて乾電池式の携帯バッテリーを商品棚から手に取り、レジに持っていきスマホで支払った。それから彼女たちの前を、ぺこりと頭を下げながら足早に通り過ぎた。心配してくれたことは嬉しいけれど、話しかけられたくはなかった。

次に行く場所は、決めていた。

私はバッテリーを繋げたスマホにマップを表示し、御茶ノ水駅までの経路を調べた。

草太さんのアパートから一番近くにある病院は、見上げるほどに大きなビルに入った大学病院だった。歩道から広く緩やかなスロープが病院の入り口まで延びていて、早朝にもかかわらず、通勤らしい人影がまばらに出入りしていた。私は警備員の巡回が外れるタイミングを見計らい、小走りで建物の中に入った。そこは天井の高いホールになっていて、併設されたカフェはまだ営業前だった。エスカレーターで二階に上がるとそこにはまだ誰もおらず、外来用の窓口にはシャッターが降りていた。私は案内板を見て、人と出くわさないように階段を使って病室のあるフロアまで登った。左右に病室が並ぶ廊下を身をかがめ早足で移動しながら、ドア横に表示されたネームプレートに目を走らせた。

宗像羊朗と表示されたプレートを見つけたのは、二つ目のフロアを探し始めてすぐだった。むなかたと、私は口の中で確かめるように呟いた。スライド式のドアのバーに手をかけて力を入れると、ほんのかすかな抵抗の後、するすると滑らかにそのドアは開いた。

＊　＊　＊

病室の中は薄暗く、病院特有の匂いが一層に濃く漂っていた。

アルコールの消毒薬と、洗ったシーツと、儀礼的な花束と、長く同じ場所に居続ける人間の体臭。それらが混ざり合った匂いの中で、ピ・ピ……というバイタルモニターの規則的な電子音が低く小さく鳴っていた。

二人部屋の手前のベッドは空いていて、奥の窓際のベッドに、大柄な体が横たわって眠っていた。彼が宗像老人だと——草太さんのおじいさんだと、私には一目で分かった。

そっくりだった。美しく切り立った鼻筋も、秀でた額の形も、その下で伏せられた長い睫毛も。今でも瞼に焼きついている草太さんのあの美しいかたちと、その老人の顔は、瓜二つだった。でも、草太さんにあったあの逞しい生命力のようなものは、おじいさんからはごっそりと抜け落ちていた。顔中に深い皺が刻まれ、顔色は紙細工のように白かった。枕元に扇形に広がった長い髪も、眉も睫毛も、雪のようにまっ白だった。左手の人差し指にはクリップのような小さな機械がはめられていて、その手の甲に細く浮き出た血管にも、色らしきものはほとんどなかった。病院着から見える首筋と鎖骨は、そこにたっぷりと水を溜められそうなくらい深く暗く窪んでいた。ベッドに横たわり静かに眠っているその老人は、深手を負って死にかけている大型の野生動物を私に思わせた。

唐突に、低くしわがれた声が言った。

「――草太は、しくじったんだな？」

私は驚いて目を瞠った。宗像老人が、目を閉じたまま喋っていた。

「す、すみません、勝手に入って！」

私は慌てて言った。眠っていたんじゃなかったんだ。あるいは、私の気配に目を覚ましたのだ。

「あの、私、草太さんからおじいさんが入院されてるって聞いて、それで――」

「ああ……」

返答とも溜息ともつかない息を漏らし、おじいさんがゆっくりと目を開いた。しばらく天井を眺めた後、時間をかけて視線を移して、おじいさんは私を見た。

「あなた、巻きこまれたのかい？」

その声は、やはり草太さんと似ていた。穏やかで静かな声だった。私を見つめる瞳は草太さんと同じようにかすかに青みがかっていて、白目の血管だけが鮮やかにくっきりと赤かった。

「私の孫は、どうなった？」

「あ……」私は思わずうつむく。「要石(かなめいし)になって、常世(とこよ)に……」

「……そうか」

感情のない息のような声で、おじいさんは呟いた。半開きになったカーテンに、頭ごと回すようにして視線を向けた。

「昨日、この窓からもミミズが見えた。私も駆けつけたかったが、この老体がどうしても言うことを聞かなくてね」

「あの、だから――！」

私はおじいさんの枕元に近づき、ずっと知りたかったことを口に出した。

「私、常世に入る方法を知りたいんです！」

「……なぜだね？」

「え……」

なぜ？「だって、草太さんを助けないと！」

「いらぬ手出しだよ」

「え？」

「草太はこれから何十年もかけ、神を宿した要石になっていく。現世の私たちの手は、もう届かん」

宣言するようにそう言われ、私の背筋がぞくりと震えた。

「あなたには分からんだろうが、それは人の身には望み得ぬほどの誉れなのだよ。草太は不出来な弟子だったが――そうか、最後に覚悟を示したか……」

そう言っておじいさんは、まるで天井が眩しくてたまらないかのように目を細めた。

「そんな……！」私は思わずかがみ込んで声を上げる。

「でも、なにか方法が！」

「あなたは、草太の想いを無にしたいのかい？」

色のない表情で、ゆっくりと噛んで含めるようにおじいさんは言う。

「え」

「要石を刺したのは誰だい？」

「え、ええと――」

「あなたが草太を刺したのかい？」

「え、あの……でも」

「答えなさい！」

突然におじいさんが大声を上げ、

「私です！」

押し出されるように私は答えた。

「そうか、それで良いのだ！　あなたが刺さなければ、昨夜、百万人が死んでいた。あなたはそれを防いだのだ。そのことを一生の誇りとして胸に刻み、口を閉じ――」

口調が強まっていく。空気を震わせるような声で、おじいさんは言い放つ。

「――元いた世界に帰れ！」

強風のようなその威圧に、私は思わず一歩後ずさる。おじいさんは長く深く息を吐く。話し疲れたように再び目を閉じ、顔を天井に向けたままで静かに言った。

「……只人に関われることではないのだよ。すべて、忘れなさい」

私はその場に立ちつくしてしまう。胸の中で、心臓が跳ねている。頬が炙られたように熱くなっている。息を一度、深く吸う。

「……忘れられるわけない」

押し殺した声で、私は呟く。

猛然と、私は腹が立っていた。

「……私、地下の後ろ戸をもう一度開けます」

目をつむったままのおじいさんにそう言って、私は病室の出口に向かう。誰かに頼ろうと思った私が馬鹿だったのだ。これは、私と草太さんの戦いなのだ。

「――何を言う？　待て！」

背中でおじいさんが大きな声を出す。

「開けてどうする⁉」

「どうにかして中に入ります」

「無理だ。そこからは入れん！」

構わずに私は部屋から去ろうとする。ドアに手をかける。おじいさんが背中で怒鳴る。

「後ろ戸を開けてはいかん！」

言い終わるや、おじいさんは激しく咳き込んだ。ごぼごぼと管が詰まるような大きな音に、私は驚いて振り返る。おじいさんは苦しそうに体を痙攣させている。私は反射的におじいさんのもとへと駆け戻る。でもどうしたら良いのか分からず、ベッドの手前で立ち止まってしまう。おじいさんは上半身を激しく震わせながら、左手に持ったリモコンのボタンを押す。低いモーター音を立て、医療用のベッドが上半身を起こしていく。咳が徐々におさまっていく。せき立てるようなテンポで鳴っていたバイタルモニターの電子音も、元の速度に落ちついていく。

ああぁ――と聞こえる長い息を、上半身を起こしたおじいさんはゆっくりと時間をかけて吐いた。目をつむったままのその顔には、あちこちに汗が浮いている。彼の右腕がないことに――右肩からすっぽりと落ちるように病院着がへこんでいることに、私は今になって初めて気づく。

「……常世は美しいが、死者の場所だ」

胸をふいごのように上下させながら、おじいさんが言う。その声には落ちついた威厳が戻っている。目を開き、充血した目で私をまっすぐに見る。

「――あなたは、怖くはないのか?」

その問いに、私はいつかの草太さんの声を思い出す。あの時――愛媛でも神戸でも、私たちは戦友だった。無敵の気分だった。私たちにしか出来ない大切なことを、誰にも知られずにやってきた。空のてっぺんにだって、二人でしるしをつけてきたのだ。

「……怖くなんてない」私はおじいさんを睨(にら)みつけるようにして言った。

「生きるか死ぬかなんてただの運なんだって、私、小さい頃からずっと思ってきました。でも――」

でも。でも今は。

「草太さんのいない世界が、私は怖いです！」

両の目の奥が、熱かった。涙がまた勝手に溢れそうだった。でももう泣きたくなんかなくて、私はまぶたをぎゅっと閉じた。

「ハッ！」ふいに、おじいさんが大きく息を吐いた。

「ハッハッハッハッ——！」

それはとても大きな、心底に愉快そうな笑い声だった。痩せて干からびたような体からこれだけの大声がほとばしることに私は驚き、何がそんなにも可笑しいのかも理解できず、私は口を開けておじいさんを見つめた。

「ハッハッハッ、ハッ、ハァァ……」

ずいぶん長く笑い続けた後で、飽きたようにおじいさんは声を止めた。にやりとした余韻を口元に残したまま、ぽつりと言った。

「人のくぐれる後ろ戸は、生涯にひとつだけ」

「え——」

「あなたは後ろ戸の中に常世を見たのだろう？　そこに何を見た？」

「ええと、あれは——」

とっさに訊かれ、私は慌てて記憶をたぐった。常世の風景は、思い出そうとするほどに蜃気楼のように遠ざかってしまう。でもあれは——。何度も見たあの星空の草原は——あの場所を歩いていたのは——あの場所で出会ったのは——。

「小さな頃の自分と……死んだはずの、お母さん……」

おじいさんがかすかに頷く。

「常世は、見る者によってその姿を変える。人の魂の数だけ常世は在り、同時に、それらは全てひとつのもの」

言葉が私に染み込むのを確かめるように、おじいさんはゆっくりと喋る。

「おおかた、あなたは幼い頃に常世に迷い込みでもしたのだろう。覚えはあるかね？」

その問いに、弾けるようにして光景が浮かんだ。雪の舞う夜——冷たいぬかるみを一人で歩いたこと。雪の積もった瓦礫の中に、扉がまっすぐに立っていたこと。幼い手でドアノブを押したこと。その先に、眩い星空が広がっていたこと。

私の顔を探るようにじっと見て、おじいさんが草太さんとよく似た深い声で言う。

「その扉が、あなたが入ることの出来る唯一の後ろ戸。それを探すことだ」

そしてまた目を閉じ、深い皺の刻まれた口を隙間なく結んだ。もう行きなさいと、老人は無言で言っていた。その口はもう開かれなかった。けれど、その口の端はほんのかすかに——本当に数ミリくらいのかすかさで、微笑みを残しているように私には見えた。

私はおじいさんに向かってまっすぐに立ち、深く長く頭を下げた。そして私も無言のままに、病室を後にした。

出発

アパートのドアを開けると、懐かしい草太さんの匂いがした。それは遠い外国のような、ひたすらに憧れながらも手の届かない、胸を締めつける匂いだった。この部屋に一緒にいたのはたった一日前――いや違う、まだほんの十四時間ほど前のことなのに、もうずっとずっと昔のことのように思えた。

八畳ほどの書斎は、荒れていた。気持ちのいい自由さで床に積まれていた本たちは崩れて倒れ、本棚に収められていた本は半分ほどが畳に散らばっていた。開いたままの窓から吹き込む風が、そんな本たちのページをかさかさと音を立てて揺らしていた。ミミズのせいだ——と、私はゆっくりと思い出すようにして気づいた。要石が抜けた瞬間の一度の縦揺れが、この部屋にあったささやかな秩序を崩したのだ。

まずは、体を洗う必要があった。

台所の横に小さな洗面所があり、その奥に浴室があった。シャワーと、とても小さな浴槽もついていた。私は千果にもらった服を脱いで、丁寧に畳んで洗濯機の上に重ねた。裸になって浴室に入り、シャワーヘッドから熱いお湯を出して頭から浴びた。私の髪の毛は今までに経験したことがないくらいにごわごわと固まっていて、体を伝わって流れるお湯は真っ黒に汚れていた。床のタイルを流れるお湯がすっかり透明になるまで、私は時間をかけて髪の毛と全身を洗った。それから、足の裏に取りかかった。深い切り傷が、両足の裏に何ヶ所も出来ていた。私はこびりついた血を指先でこすり落としてから、傷口に入り込んだ小石を爪の先で丁寧に取り除いた。目尻に涙が滲み奥歯が勝手に食いしばっていたけれど、痛みは、頭のずっと奥のどこか遠い場所にあった。

バスタオルは、洗濯機の上の小さな棚にきちんと折りたたまれて収納されていた。プラスチックのケースに収められた薬類も、同じ棚にあった。シャンプーや石鹸、歯ブラシやひげ剃りや整髪料なんかも、全てがきちんと整理されて収められていた。ちゃんとした大人なんだな、と私は思った。そういう几帳面さのすべてが、無性に切なかった。私はタオルを一枚借りて全身を拭き、ケースに入っていた傷パッドを足裏に貼った。

下着姿のままドライヤーで髪の毛を乾かした後、私はスポーツバッグから制服を取り出した。千果にもらった服はもうボロボロだったから、別の服に着替える必要があった。私は白いワイシャツを着て、深緑色のスカートを穿き、紺の靴下を履いた。胸元には赤いリボンをきつく結んだ。それから後ろ髪をゴムでくくり、高い位置でポニーテイルにした。気づけば九州を出た日と、同じ服で、同じ髪型だった。それなのに、私の体からは何かが決定的に消えていた。自分を世界に繋ぎ止めておくための重しのようなものが、すっかりなくなってしまっていた。見た目は変わらないのに体重が半分になってしまったような——身体がただの空気でかさ増しされてしまったような、心許ない気分だった。私はまだ腹を立てていた。勝手に与えられ、一方的に押しつけられ、理不尽に奪われた。またなの？　と私は思った。馬鹿にするなと、この世界の担当者だか神さまだかを怒鳴りつけたかった。洗面所の鏡に映ったすこし痩せた自分の顔を睨み、「馬鹿にするな」と、私は小さく口に出してみた。でもその声は自分でも情けなくなるくらい、泣き出しそうに震えていた。

部屋を出る前に、私は崩れた本たちをざっと片付けた。本棚のルールは分からなかったから、散らばった本を膝(ひざ)の高さ程度までに並べて床に積んでいった。それから窓を閉め、カーテンを閉じた。

「靴を借りるね、草太さん」

そう呟(つぶや)いて、私は玄関にあった草太さんの黒いワークブーツに足を入れた。ぶかぶかだったけれど、私は靴紐(くつひも)を強く引っぱって、足に縛り付けるようにしてその大きな靴を履いた。そしてアパートのドアに鍵(かぎ)を閉め、駅に向かって歩き出した。

まだ、朝の八時を過ぎたばかりだった。

街にはようやく通勤や通学の人々が溢れはじめていた。無言で駅へと流れる人々の行進に混ざりながら、一、二、三……と私は頭の中で指を折って数えた。

五日目だ。

草太さんと出会ってから、五日目の朝だった。

＊　　＊　　＊

私はまず、東京駅に行くつもりだった。そこから新幹線に乗り換えるのだ。そこまでの道のりならば、もうスマホを見る必要もない。

神田川沿いに歩道を歩き（昨日はこの土手沿いにミミズがいたのだ）、交差点を曲がり大きな橋を渡ると、そこがもう御茶ノ水駅だった。ちょうどラッシュアワーで、駅前は様々な年齢の人々で混み合っていた。

「――おいちょっと、あんた！」

改札へと続くスロープを登ろうとしたところで、すぐそばで声が聞こえた。でも私のことじゃない。こんなところに知り合いなんかいるはずない。

「鈴芽（すずめ）ちゃん！」

「え⁉」

思わず振り返った。駅前の車寄せに、真っ赤なオープンカーが停まっていた。運転席の男性が私を睨んでいる。

「……芹澤（せりざわ）さん⁉」

昨日アパートに訪ねてきた、草太さんの知り合いらしき男の人だった。黒いジャケットを羽織っていて、赤いVネックの胸元にはシルバーアクセサリーをじゃらじゃらと下げている。

「え、どうして――」

「あんたどこ行くんだよ？　草太のところか？」

私の疑問を遮って、丸眼鏡の中から不機嫌そうな目付きで私を見ている。どうして彼がこんなところにいるのかは知らないけれど――でも不機嫌さだったら、今は私だって負けていない。

「……扉を探しに行く」

彼に聞こえない声で、私は口の中で小さく言った。

「あ？」

「ごめんなさい、急いでますから」

私はくるりと背を向ける。

「おい待てよ、あんたのことどんだけ探したか――！」

後ろから腕を掴まれた。

「ええっ!?　なに!?」

「草太の従姉妹だってのは嘘だよな？」

「関係ないでしょ？　離してよ！」

「乗れよ」

　車から乗り出して私の腕を掴んだまま、彼が言った。

「はあ？」

　通り過ぎる通勤の人たちが、ちらちらと私たちに視線を送っている。

「どうして私が――」

「あんた、草太のとこに行くんだろ？　どこにせよ俺が連れてってやる」

「なんであなたが⁉」

「友達の心配しちゃ悪いのかよ⁉」

　私の目を直視して、真剣な声で彼が言った。友達――その言葉に、私はふいに混乱する。もちろん、草太さんにだって友達はいる。大事な試験に友達が現れなかったら、私だって心配すると思う。でも余程の親友じゃなければ――。

「ああっ、いたっ！」

　突然、今度は改札の方角から声が聞こえた。え、この声って――ええっ⁉

「環さんっ⁉」

「鈴芽！」

改札前の人混みをかきわけ、環さんが突進する勢いで駆け寄ってくる。私は思わず目を疑った。環さんはブルーのサマーニットに淡いピンクのスカーフを巻き、大きなトートバッグを肩に掛けている。大人の休日といった出で立ちなのに、見開いた目が血走っている。

「ええ、なんで!?」

「ああ〜良かった〜っ！　あんたのことどんげ探したか！」

泣き出しそうな声で環さんはそう言って、私を抱きかかえるようにして芹澤さんから引き剝がす。

「あんた、これ以上こん子に近づかんで！　警察呼ぶわよ！」

「え！」芹澤さんが驚いた顔で私を見る。

「誰っ!?　親!?」

「こん男がうちに来ちょったやつ？　あんただまされちょっとよ！」

「ええっ？」思わず私と芹澤さんはハモってしまう。環さんは勝手に何かを結論づけたようで、私の腕を引っぱって改札へと歩き出す。

「さ、帰りましょ！」

「ちょ、ちょっと環さん」

「ほら早く！」

私は立ち止まり、彼女の腕を振り払う。

「ごめん環さん、私まだ帰れない」

そう言って、ぽかんとした表情の芹澤さんと赤いオープンカーを交互に見る。仕方がない。私は車のドアを開けて、芹澤さんの隣に素早く乗り込んだ。

「芹澤さん、出してください」

「え？　あ、お、おう！」

そういえば、という感じで芹澤さんはキーを回す。エンジンが派手な音を立てる。

「ちょ、ちょっと鈴芽、待たんね！」

環さんが駆け寄ってくる。目が血走っている。この人、本当に警察を呼びかねない。

「芹澤さん、早く！」

「こら、鈴芽！」

環さんはワイドパンツの脚を振り上げて、オープンカーのドアに靴を載せた。

「おわっ!?」芹澤さんが目を瞠る。

「一人じゃいかせんから！」

車のドアを踏み越え、落下するような勢いで環さんは助手席にお尻を入れてくる。

「ちょっと環さん、降りて！」

「鈴芽、あんたいったいどんげつもり!? これじゃあ家出やない！」

「ちゃんとLINEしてたでしょ！」

「既読スルーばっかやがね！」

ぎゃあぎゃあと声を上げる私たちに、「おいちょっと落ちつこうぜ」と芹澤さんが言っている。通り過ぎる通勤客たちが眉をひそめ、ひそひそと何か喋っている。

「痴話ゲンカだな」「三角関係だね」「ホストと客だな」「修羅場えぐいわ」

違うっ！　と私は大声で叫びたくなる。その時だった。

「うるさい」

後ろから、子供の声が聞こえた。反射的に私たちは振り返った。

後部座席に、ちょこんと仔猫が――ダイジンが座っていた。げっそりと痩せこけた姿のまま、ぎょろついた黄色い瞳で私をじっと見つめている。

「――猫が喋った!?」

芹澤さんと環さんが、私の両隣で同時に叫んだ。

「え？」私はとっさに笑顔を作る。「喋るわけないじゃん？」

「そ――」二人は顔を見合わせ、また猫を見て、

「そうだよな……！」と声を合わせる。あーうん、猫は喋らない、そりゃそうだ。うんうん、猫は喋らんもんね、うんうん。それぞれぶつぶつと呟いている。これ以上深くは考えさせまいと、私は慌ててハンドル横のカーナビを操作した。

「そんなことより――！」

住所を入力し、確定ボタンをタップする。『目的地を設定しました』と、合成音声が場違いに明るく言う。

「芹澤さん、だったらここまで行って下さい」

「え――」芹澤さんがカーナビを覗き込んで言う。

「ええっ、遠っ！」

「どこへでも行くって、言いましたよね？」

「え、あんた、ここって……！」

環さんも画面を覗き込んで驚いている。私は二人の間を通って後部座席まで移動し、シートに座り込んだ。警察を呼ばれるわけにも、九州に帰されるわけにもいかないのだ。芹澤さんがどういう人かは知らないけれど、連れていってくれると言うのならば、そうしてもらえばいい。環さんだって、そんなに私を一人で行かせたくないのならば、

勝手に付いてくればいい。ダイジンは何を考えているのか、既に座席の端っこで丸くなっている。

なんだっていい。皆、勝手にすればいいのだ。私には関係ない。私は私の後ろ戸を探しに行く。シートベルトを締めながら、私は芹澤さんを見て強く言った。

「お願い。行かなきゃいけないんです」

「まじかー……」

しばらく私の目を見た後で、芹澤さんは諦めたように息を吐いた。サイドブレーキを上げながらぼそりと言う。

「こりゃあ、今日中には帰れねえな」

＊　＊　＊

駅前から出発した車は、広く真新しい道路をしばらく進んだ後で、料金所を抜けて首都高速道路に入り、スピードを上げていった。

誰も何も喋らなかった。

芹澤さんは無言でハンドルを握り、環さんは不機嫌に街並みを睨み、ダイジンは私の隣のシートで体を丸めて眠り込んでいた。オープンカーに吹きつける剝きだしの風と強い加速が、私の体をシートに押しつけていた。九月の朝の空はどこまでも透明に青く、風は湿り気を帯びていた。

私はゆっくりと目をつむった。

車がビルの影を出入りするたびに、瞼の裏にごにょごにょとした不思議な模様が走った。それをじっと見ているうちに、頭の中に詰まっていたいろいろな感情の輪郭が、だんだんと溶けていくのが分かった。腹立ちが曖昧になり、焦りが曖昧になり、寂しさが曖昧になっていった。同時にずっと張り詰めていた全身の筋肉から、力がじわりと抜けていった。今だけは——と、溶けていく感覚の中で私は思った。今だけは目をつむることを、力を緩めることを、感情を曖昧にしていくことを、私は自分に許そう。今だけは知らない誰かの運転に、その加速に、ぜんぶを預けよう。次に目を覚ましたら私はたぶん、何かと向き合わなければならない。戦わなければならない。ほんの数時間後には、きっと私は何かに立ち向かわなければならない。でも今だけは——。

そんなふうに思いながら、ぬるい泥に引きずり込まれるように、私は眠りに落ちていった。

探しものは何ですか

　芹澤さんが沈黙に耐えかねたように音楽を流し始めたのは――これも後になってから聞いた話だけれど――私が後部座席で眠り込んで、しばらく経った後だった。ハンドル横に据え付けられたスマホを芹澤さんが操作すると、両ドアに埋め込まれた大きなスピーカーから陽気なドラムとギターのイントロが流れ出し、続いてからりとした女性ボーカルが歌い始めた。

「あーのーひーとの、ママに会うためにー、いーまーひーとり、列車に乗ったのー」

　何十年も前の、日本の古いポップスだった。ハンドルを握った指先でとんとんとリズムを取りながら、芹澤さんも楽しそうに声を合わせる。

「たそがれーせまる街並やー車の流れー、横目でー追い越してー」

「せからしかね」

正体のまだよく分からない若い男をじろりと睨みながら、環さんがぼそりと呟く。

「いやあ、旅立ちにはこの曲でしょ？　猫もいるし」

「はあ？」

「その猫って、鈴芽ちゃんのすか？」

そう訊かれても見当もつかず、

「うちは猫なんて飼っちょらん」

と、環さんは不機嫌に言う。芹澤さんは片手でダッシュボードの中を探り、財布から一枚のカードを取り出す。

「俺、芹澤って言います。娘さんの友達の友達です。たぶん」

差し出されたそのカードを、環さんはつまむようにして受け取った。学生証だった。寝起きで跳ねた金髪に、丸眼鏡の眠そうな写真。その横には、芹澤朋也という名前と生年月日、所属学部などが書かれている。

「……教育学部？」

環さんが眉を寄せる。いかにも軽薄そうな外観とはずいぶんミスマッチだ。

「まあ、教師になりたいんで」

と、芹澤さんは簡単に答える。

「……岩戸です」環さんは学生証を返しながら短く名乗る。

「袖振り合うもってやつですね。長い道中、仲良くしましょ」

何が面白いのか芹澤さんが半笑いでそう言って、がこんとギアを変える。すると、車が激しく咳き込むみたいにガタガタと揺れる。揺れながらもスピードを増し、前方の乗用車を追い越していく。

「……ボロい車やね」

「これ、中古でめちゃくちゃ安くて！」と芹澤さんは嬉しそうに言う。「普通だったらまあ百万は下らないんすけど、カブキで働いてる先輩が格安で譲ってくれて。カッコいいっしょ？」

歌舞伎町？ どうでもいいわ、と言わんばかりに環さんは溜息を吐く。

「そんなことより君、本当に良かったと？ 片道で七時間以上はかかるとよ？」

「いや別に。草太探してるのは、娘さんだけじゃないんで」

「娘やなくて、鈴芽は――」

環さんは流れる路面に目を落とし、しばらく考えてから口を開く。

「……姪なのよ。姉の子供。お姉ちゃんが死んで、私が引き取ったの。この子のとこ、母子家庭やったから」

「は？」

いきなりの身の上話に戸惑ったのか、芹澤さんは曖昧な息を返す。でも、環さんは構わずに話し続ける。

「お姉ちゃんの死は仕事中の事故というか、まあ、突然でね。連絡を受けて私、慌てて鈴芽のところに駆けつけたとよ。この子は他に身寄りもなかったから」

相手の顔を見ずにうつむいたままで、環さんは話す。環さんは誰かに話したかったのだ。誰でもいいから、聞いてもらいたかったのだ。東京へと向かう新幹線の中でじりじりと景色を睨みながら、ずっとこのことを思い返し、考え続けていたのだ。

「あん時は鈴芽、まだ四歳やった。おばさんと一緒に九州に行こうねって鈴芽と話して、鈴芽も頷いて。でもその日の夜に、この子、いなくなってしまったとよ。私に黙ってお母さんを探しに出て、迷子になってしまって。三月で、雪の降る寒い日やった。私は実家を出てからは九州が長かったから、三月がまだこんなに寒いことに驚いて、こんな夜に外にいる鈴芽が心配で心配で。暗い町中ば、ずいぶん長く探し回って」

あの夜の不安と恐怖を、環さんは今でもありありと思い出すことが出来る。すずめ、すずめと大声で呼びながら、ぬかるんだ地面を歩き回り、懐中電灯で物陰を照らして回った。万が一のことを考えると、呼吸が止まってしまいそうだった。長い悪夢に放り込まれたような夜だった。

「ようやく見つけた時、鈴芽、雪の積もった野原にうずくまっちょってね。お母さんに作ってもらった宝物の子供椅子を抱きかかえちょって、私、それがたまらなく切なくて――」

たまらなく切なくて、環さんは私を――幼い鈴芽をきつく抱きしめ、「うちの子になりんさい」と涙を流しながら言ったのだ。あの時に抱いた体の小ささと冷たさを、環さんは今でもくっきりと覚えている。

車は荒川に架かった巨大な橋を渡っている。ずっと遠くの鉄橋を、銀色の電車が平行に走っている。河川敷の茶色いグラウンドでは、男女が入り混じったフットボールチームがボールを蹴っている。彼らを眺め、光がちりばめられたような川面を眺めて、環さんは目を細める。――十二年、と小さく呟く。

「……そう、数えたらあれからもう十二年よ。九州に連れて帰って、ずっと二人で、二人だけで暮らしてきた。それやとに——」

シュッと乾いた音がして、環さんはそちらを見る。芹澤さんが、無表情に煙草を吸っている。

「——ああ、」

環さんの視線に気づき、平坦な口調で彼は言う。

「煙、嫌すか？」

環さんは思わず苦笑してしまう。

「……君の車やからね」

そうだ、他人なのだ。こんなこと話すなんてどうかしてるわと、環さんはゆっくりと我に返るようにして考える。この人がこんな感じの子で良かった。こちらに気遣いをしない代わりに、こちらも気を遣う必要がない。お互いに期待もなければ、失望もない。せいぜい一日かぎりの付き合いなのだ。だとしたら、こういう他人に興味のなさそうな子が一番いい。そんなふうに考えて、環さんは初めて好感らしきものを芹澤さんに抱く。美味しそうに煙を吐きながら、芹澤さんが言う。

「んで、今からその鈴芽ちゃんの実家に帰ると。なんだかよく分かんねえけど、そこに草太がいるんですかね？」

「さあ……。でもあそこにはもう、なにもないとよ」

そう言って、環さんは後部座席を振り返る。私はまだぐっすりと眠っている。

「君、今のうちに東京に戻ってくれん？ したら、この子もいいかげん諦(あきら)めてくれるかもしれん」

「いや俺、草太に貸してる二万円を回収しないと」

「は？」環さんは呆(あき)れて言う。「君、借金取りみたいやね」

ははっと、まるで褒められでもしたかのように芹澤さんは笑う。どうでもいいけれど——と、彼の笑顔を横目で見ながら環さんは思う。この子、少なくとも教師には向いてないわ。赤いオープンカーは県境を越え、緑の増え始めた風景の中を北上していく。叱ってもらうわ〜マイダーリン〜、と、芹澤さんが音楽に合わせて歌う。

❖　❖　❖

車に揺られたままずいぶん長い時間、私は眠った。時折ふと目を覚まし、海面に顔を出して息継ぎをするような気分で風景をぼんやりと眺め、また潜るように深く眠るということを繰り返した。

目を覚ますたびに、周囲の風景は変化していた。チェーン店が居並ぶロードサイドがあり、民家がまばらに散らばった集落があり、緑だけが続く山間（やまあい）の自動車道があった。いつからか、すれ違う車には大型のトラックばかりが目立つようになった。トラックのフロントには大きなゼッケンのような布が掛けられていて、「環境省」とか「除去土壌」とか「汚染土壌」とかいう文字がちらちらと目に入った。私は何を考える意志も気力もなく、それらをただ網膜に通過させ、また眠った。

何度目かに目を覚ましたとき、車はのどかな町の中を走っていた。道路は滑らかで凹凸のないアスファルトで、道路脇の白線や黄色いセンターラインは塗り立てのように眩（まぶ）しかった。でも通り過ぎる家々や商店はよく見るとすべてが廃屋で、どれも緑に半ば覆われていた。駐車場に斜めに停められた車も、開け放たれたままの窓も、ドア横に置かれたままのランチタイムの看板も、誰かの生活を一時停止したような奇妙な途中さで、道の両脇に無言のままで朽ちていた。そういう人の気配の消えた町の真ん中に、道路だけが綺麗（きれい）に整備されてまっすぐに延び、その道をトラックだけが行き交っているのだった。なんだか夢の続きの風景のようで、私はひとしきり眺めた後、また泥に沈みこむようにして眠りに落ちた。

私が弾かれるようにしてはっきりと目覚めたのは、揺れた、と思ったからだった。

車の振動とは別の揺れが、確かにあった。隣を見ると、ダイジンも目を覚まして周囲を見回している。

「今、揺れませんでした⁉」

運転席の芹澤さんにそう訊くと、のんびりとした声が答えた。

「ああ、やっと起きた？　今は叔母さんが寝てるよ」

助手席を覗き込むと、環さんはシートに深くもたれて寝息を立てている。

「揃って寝不足だねえ」と芹澤さんが薄く笑う。と、ハンドル横に据えられたスマホが、ぴこんと小さな音を立てた。

「……本当だ、震度三だったたって。走ってると分かんねえな」

遅れて、私のスマホも短く振動する。見ると、一分前に震度三の揺れが観測されたという通知だった。

「停めて！」

「ええっ⁉」

路肩に停車した車から飛び降りて、私は周囲を見回した。道の両脇には背の高い草木が、土地を覆いつくすような旺盛さで繋っている。「帰還困難区域につき立ち入り禁止」と書かれた立て看板と鉄のフェンスがあり、その奥に草に埋もれた細い道があった。その先に小高い丘が見える。

「おいちょっと、鈴芽ちゃん！」

背中で芹澤さんが声を出している。構わずに私はフェンスの隙間に体をくぐらせ、斜面を駆け登った。

丘の頂上に立って振り返ると、緑の風景が眼下に広がっていた。民家や電柱が息をひそめるように木々の間にぽつぽつと隠れている。私は全身にうっすら汗をかきながら、その風景を凝視した。

「出てこない……」と呟いたその直後に、足裏から地鳴りが聞こえた。私はとっさに足元を見る。かすかに——揺れている。草に埋もれた小石が、カチカチとほんの小さな音を立てている。息を呑んで見つめるうちに、しかしその揺れは収まっていく。私は顔を上げ、もう一度周囲の風景をぐるりと見回した。

——出てこない、ともう一度私は呟いた。

ミミズの姿は、どこにもない。地鳴りももう消えている。

草太さんが抑えてるんだ——と私は思う。草太さんが要石となり、ミミズを封じているのだ。東京の後ろ戸で見た、あの景色。黒い丘とそこに刺さった椅子の姿を、私は思い出す。胸が詰まる。あれは——圧倒的に孤独な光景だった。

ふいに、草が揺れる音がした。

「……ダイジン」

私に付いてきたのか、ダイジンがすこし離れた場所にちょこんと座り込んでいた。骨の浮き出た背中をこちらに向け、じっと町を見下ろしている。

「あんた、一体どうしたいの？」

私は尖った声を出した。仔猫は私に背中を向けたままだ。

「なんで喋らないの？——ねえ！」

反応がない。私は制服のシャツの中に下げている閉じ師の鍵を、胸元のリボンごとぎゅっと握った。

「要石って——」もう返事は期待せずに、小さく独りごちる。

「閉じ師じゃなくても、誰にでもなれるの……？」

「おーい」

のんびりとしたその声に顔を上げると、芹澤さんが両手をポケットにつっこんだまま斜面を登ってくる。

「鈴芽ちゃん、どうしたの？　大丈夫？」

歩きながら私の顔を見上げ、さして心配でもなさそうな口調でそう訊ねる。

「すみません」と私は言う。「何でもないんです。急がないと――」

そう言って斜面を降り始めた私とすれ違い、芹澤さんは丘を登っていく。私は思わず立ち止まり、目で追った。芹澤さんは丘の頂上に立ち、両腕をぐーっと伸ばして頭の上で組み、大きく息を吸う。

「はーっ、体固まったー！　これで半分は来たかなあ」

そう言ってポケットから煙草の箱を取り出し、一本をくわえてライターで火を付けた。汗を浮かべた顔で町を見下ろし、気持ちよさそうに煙を吸っている。

私は諦めて、芹澤さんと同じように景色を眺めた。そうだった――と私は今さらに気づいた。私が眠り続けている間、芹澤さんはずっと運転をしてくれていたのだ。そんなことにすら、私は気づかなかった。余裕がなかった。今だって焦っている。でも――。

「風が気持ちいいね。東京よりちょっと涼しいかなあ」

と芹澤さんが言う。眼下には田園の緑が一面に広がっている。風が草を撫で、波音のようなさざめきがあたりに満ちている。正午の太陽を眩しく反射させている。トラックが一台、風景を区切るようにゆっくりと移動しているのが見える。その奥に、青い水平線が細く見えている。どこかでカッコウが鳴いている。眩しそうに目を細めて、芹澤さんが言う。

「このへんって、こんなに綺麗な場所だったんだな」

「え？」

景色を凝視したまま、私は思わず呟いた。

「ここが――きれい？」

黒のクレヨンで塗り潰す、日記帳の白い紙。私が眼前の風景に重ねていたのは、その記憶だった。だから私は単純に驚いたのだ。きれい？

「へ？」

芹澤さんが私を見る。――だめだ。やっぱり余裕なんて、私にはとても持てない。

「ごめんなさい」

そう言って、私は斜面を降り始めた。早く行かなきゃ、と口の中で呟く。ダイジンも無言で後を付いてくる。やれやれといった雰囲気で歩き出した芹澤さんの足音が、背中で聞こえた。「おい猫、おーい」とダイジンに話しかけている。

「なんか、闇の深い一家だよなあ」

……聞こえてるんですけど。

睨むように振り返ると、芹澤さんの後ろで入道雲がぴかりと光った。すこし遅れて、低い雷鳴がゴロゴロと響く。空を見上げると、黒い雲の群れがまるで不吉な何かから逃げるように、速いスピードで風に流されていた。

＊　＊　＊

「探しものはなんですかー、見つけにくいものですかー」

芹澤さんがスマホから流す音楽は、古い邦楽ばかりだった。

私には知らない曲が多いけれど、今流れているこの曲はどこかで聴いたことがある。不機嫌に黙り続ける私と環さんを気にするふうでもなく、芹澤さんは例によって鼻歌交じりで上機嫌に歌詞を口ずさんでいる。鞄の中も机の中も、探したけれど見つからないのに――。

「あ、雨」

ふいに、助手席の環さんが呟いた。

「マジすか！」

と、芹澤さんが珍しく感情のこもった声で言った。オープンカーから見上げると、空はすっかり灰色の雲に覆われている。アスファルトには黒い斑点がみるみるうちに増えていく。大きな水滴が、私の頰にもぽつりとあたる。

「こりゃマズいなあ……」と、妙に哀しげに芹澤さんが言う。

「何が？　屋根あるっちゃろ、早く閉めんね」

「あー……まあ……やってみますか」

そう言って芹澤さんがシフトレバー横のスイッチを押すと、ふいに私の後ろからモーター音が鳴り響いた。振り返ると、トランクがぱかりと開き、そこから折りたたまれた屋根がせり出してくる。私は思わず目で追う。まるで変形ロボットのように屋根は上下に分離し、下のパーツが私の頭上をぴたりと塞いだ。

「わあ……」

思わず子供みたいな息が出てしまう。オープンカーってすごい。上のパーツがゆっくりと前にスライドしていき、前席の頭上にも蓋をしていく。——が、がこん、と引っかかるような音を立て屋根は止まってしまう。私の座った後部座席は完全に密閉されたけれど、前シートの屋根には三十センチ程の隙間ができたままだ。

「ん？　ちょっと？」

環さんが不思議そうに声を上げる。ふいに雨足が強まる。前シートの芹澤さんと環さんに、強い雨がばらばらと直撃する。芹澤さんのジャケットも環さんのサマーニットも、雨に黒く濡れていく。はっ、と芹澤さんが面白そうに息を出す。

「やっぱ直ってないや。ははっ」

「ははじゃないやろ！」と環さんが悲鳴を上げる。

「ちょっと、どうするとよこれ⁉」

「だーいじょうぶ！　すぐに次の休憩所ですって！」

芹澤さんが笑いながらカーナビを操作すると、

『道の駅までおよそ四十キロ。所要時間は三十五分です』

と合成音声が明るく言う。

「ぜんぜん近くないがねっ！」

環さんが叫び、それに応じるように雷がびかびかっと光る。雨はますます強くなっていく。

はあぁー、と私は脱力して息を吐いた。やっぱり、新幹線で一人で行くべきだったのだ。でももうどうしようもない。目的地はもう、さほど遠くない。夢の中へー、夢の中へー、行ってみたいと思いませんかー。なんだか未来を告げる占い師のように確信に満ちた声で、カーステレオが歌っている。

サダイジン登場

海沿いの道の駅にようやく到着した頃には、二人は夜中のプールに忍び込んで服のまま泳いできた能天気なカップルみたいに、揃ってびしょ濡れになっていた。着替えたり乾かしたり食事したりトイレに行ったりしたいからあなたも一緒にという誘いを、私は断った。レストランでラーメンをすするような気分には、とてもなれなかった。お腹なんて、まったくぜんぜん空(す)いていなかった。私が首を振ると、環さんは溜息(ためいき)をついてから、芹澤さんと並んで道の駅の建物の中に消えていった。私は駐車場に停められた車の後部座席で膝を抱えて、薄暗い海に吸い込まれていく雨をじっと見つめた。
ダイジンも相変わらず私の隣で丸まったまま、何も言わずに眠り続けていた。

私がそんなふうに雨を眺めていた頃――。
環さんはトイレに入り、持ってきていた別の洋服に着替え(白のタンクトップとラベンダー色のカーディガン)、鏡に向かって崩れたメイクをさっと直した。それだけでも、冷え込んでいた気分がすこしだけましになった。それからカフェテリアで「漁師の気まぐれ定食」を注文し、芹澤さんとは別のテーブルに座って一人で食事をした。道の駅の建物はつい数年前に建て替えられたばかりで真新しく、カフェテリアは天井が高く広々としていた。脂ののったサバはふわりと美味で、空調は快適で、客の数はまばらだった。食事を終えて熱いお茶を口にして、環さんは九州を出発してから初めて、ようやく安堵の息をついた。
まだ色々と問題はあるにしても――と、環さんは思った。ともかくも、鈴芽には会えたのだ。成り行きで実家に戻ることになってしまったし、なぜかそこにいるらしい草太という男のこともよく分からないけれど――でも実家に行ってその男に会えれば、きっとそれで鈴芽の気は済むのだろう。それは恋愛なのだろうか。まあそういうこともあるだろう。しかしそれにしても、なぜ今さら実家なのか。……それはもしかしたら、彼女なりのアイデンティティの確認作業のようなものなのかもしれない。しばらく考えて、そんなふうに環さんは想像してみる。何と言っても、鈴芽はまだ若いのだ。自身の成長や人間関係を形成していく過程で、自分のルーツを確認する必要に迫られることもあるのだろう。うん、きっとそうだ。久しぶりに実家に帰り、気持ちを整理して、また本来の生活に戻る。そういう誰にでもあるごく普通の通過儀礼のようなものを、鈴芽はしようとしているのだ。

環さんはそんなふうに考えてみる。実はまったく実感も心当たりも湧かないけれど、とにかくそんなふうに考えてみて、ちょっと安心を得る。じゃあ私は明後日あたりからまた出社かなと思い、そういえば、と稔さんに電話をかける。

「――ええっ、ホストの男とですか⁉」

簡単に状況を説明された稔さんが、電話口で大声を上げた。

「いや実際にホストなわけやなくて、雰囲気が貧乏ホストっぽいちゅうか……。

――違う違う、騙してるとか騙されてるって感じでもないとよ」

環さんはスマホを耳にあてたまま、ちらりと後ろに目をやる。奥のテーブルで、芹澤さんは美味しそうにラーメンをすすっている。ふかひれラーメンにしたんだな、と環さんは思う。定食とどっちにしようか、環さんもちょっと迷ったのだ。

「いやでも、そりゃ危なかですよ！」と稔さんが言う。あちらは晴れているのか、電話の後ろでウミネコがのどかに鳴いている。漁業協同組合のオフィスの古い窓枠と、その奥の青い水平線を環さんは思い浮かべる。

「非力な女性が二人だけで、車は密室ですし！」

「いや密室ていうか、オープンカーで――」

「オ……!?」稔さんが裏返った声を出す。

「オープンカーっ!? なおいかん！ 環さん、いま宮城のどちらですか？ 道の駅――大谷海岸――了解です、ちょっと待っちょってください――」

カチャカチャと、猛然とキーボードを叩く音がする。大柄で日に焼けたTシャツ姿の稔さん――たぶん人生で軽トラックとフォークリフトしか運転してこなかったような彼が、自分のために必死になっている姿が環さんの目に浮かぶ。

「ちょうどそこの駐車場にいま、東京行きの高速バスが停まっとります。座席もぜんぜん空いてます。ワシの方で予約できますから――」

「ちょ、ちょっとまってよ稔くん！」

環さんは慌てて彼を制する。ここまで来たのだから実家まで行くつもりであること、それできっと鈴芽の気は済むのであろうということを、環さんは説明する。ほら、通過儀礼みたいなもんよ、と環さんは言う。思春期ってそういうことがあるやろ？と、以前誰かに聞いたような理屈をすらすらとそのまま喋(しゃべ)っている。そんなふうに話しながら――それは違う、と頭の中のどこかがふと思う。きっとぜんぜん違うのだ。環さんは自分の中の違和感を、その不吉な予感を、話しながらようやく認める。たぶん私が期待するようには、物事は簡単には進まない。鈴芽の考えていること、抱えていることは、たぶん、私の想像を遥(はる)かに超えている。環さんは理由もなく、でも本能的にそう確信する。

明後日には戻るからそれまでよろしくねと、もう自分でも信じていないことを稔さんに伝え、環さんは電話を切った。

❖　❖　❖

　目的地まであと、車でおよそ一時間四十五分。

　私はスマホのマップから引き剝（は）がすようにして目を離し、雨と潮風に湿った空気を深く吸い込んだ。あとすこし。あともうすこし。先へ先へと焦る気持ちをなだめようと、時間をかけて胸から空気を吐き出す。

　それからマップのメニューをタップし、移動ログを表示してみる。日本列島がスマホの画面に収まるまでズームアウトして、ここまでの経路が青い線で表示される。宮崎から愛媛までのフェリー、そこから車で四国を横断して神戸まで、次に新幹線で東京。さらに太平洋に沿うようにして、千葉、茨城、福島を経由し、現在地は宮城。列島のほとんどを横断して引かれたその線の横には、１６３０㎞という数字が表示されている。これほどの距離を、私は来たのだ。だから大丈夫――自分に言い聞かせるように私は思う。常世までだって、きっと行ける。

　その時だった。足元からふいに不快な気配が湧き上がり、私は思わず腰を浮かせた。

低い地鳴りが、また聞こえ始めていた。

「――――！」

手に持ったスマホが振動し、「緊急地震速報」という赤い文字が表示された。私はシートに膝立ちになって周囲を見回す。左右に停められた車が、ギシギシと音を立てて上下に揺れている。駐車場の屋根に溜まっていた雨が、小さな滝となって暴れるように落ちている。しかし数秒ほどで、思い直したかのように揺れは小さくなっていく。やがてスマホが沈黙し、足元の気配も気づけば消えている。私の鼓動だけが、まだ胸の中で跳ねていた。

「……草太さん」

シャツの中の鍵を握り、私は思わず呟く。

「草太さん、草太さん」

こんなことを繰り返すのだろうか。この先何年も、何十年も。地震が起きるたびに、あの黒い丘で孤独に一人きりでいる草太さんを、私は想うのだろうか。もし草太さんにはそれが耐えられるのだとしても――私が絶対に耐えられない。

「草太さん、草太さん……！」

祈るように必死に思う。もうすぐ行くから。すぐに、助けに行くから。

「――鈴芽！」

建物の方から聞こえたその声に顔を上げると、環さんが屋根伝いにこちらに走ってくるところだった。今揺れたがね？　と言いながら、ドアを開けて助手席に乗り込んでくる。薄紫色のカーディガンに着替えていて、すこし血色を取り戻している。

「嫌な感じやね、地震ばっか……」

環さんは独り言のようにそう言って、雨に湿った前髪を指先で整える。バックミラーに映った顔に、私は訊ねる。

「芹澤さんは？」

「まだ食事中やっちゃない？　あんたは本当に、食事せんでいいと？」

「うん」

「だって、朝から何も」

「お腹空いてないの」

ふうと聞こえる小さな息を、環さんは吐く。私たちは黙り込む。雨は降り続いている。まだ正午過ぎなのに、スクリーンの光量を最低まで下げたスマホの画面みたいに、あたりは薄暗い。

「……ねえ鈴芽」

思い切ったように、環さんが言う。

「やっぱり、ちゃんと話してほしいっちゃけど」

「……なに？」

「なして、そんげ実家に行きたいと？」

「扉を――」反射的に私は言い、口ごもる。「……ごめん。上手く話せない」

「なによそれ……」

　バックミラーから私を見ていた環さんが前席から振り返り、私たちは数時間ぶりに直接に目を合わせる。

「あんた、こんげに人様に迷惑かけちょっとに」

「迷惑って――」勝手に付いてきただけじゃないという言葉を飲み込み、目を逸らして私は小さく吐き捨てる。「話しても分からないことだから。環さんには」

　環さんが息を呑む気配がする。バン！　と乱暴な音を立て、環さんが突然にドアを開けた。車から降りて、オープンカーの外から私の腕を掴む。

「帰るわよ。バスがあるから」

「え？」

「ちゃんと説明も出来んで、そんげな青い顔して、これみよがしに何も食べんで！」

「離してよ！」

私は摑まれた手を振り払う。

「環さんこそ帰ってよ！　付いてきてなんて頼んでない！」

「あんた分からんと⁉　私がどんげ心配してきたか！」

環さんの声が怒りに震えている。反射的に私は叫ぶ。

「──それが私には重いの！」

環さんの目が、はっと見開く。唇を嚙み、ゆっくりとうつむいていく。肩が大きく上下している。まるで周囲の空気が突然に薄くなったかのように、息を深く吸って、吐いている。

「もう私──」掠れた声で、環さんがゆっくりと言う。

「しんどいわ……」

私は環さんを睨みつける。駐車場の屋根の下の薄暗がりにまっすぐに立ったまま、環さんは低く言う。

「鈴芽を引き取らんといかんようになって、もう十年もあんたのために尽くして……。馬鹿みたいやわ、わたし」

え、と私は思う。風に流された雨粒が、ぽつぽつと私の頰を叩く。

「どうしたって気を遣うとよ、母親を亡くした子供なんて」

ふいに苦笑するように環さんは言う。そのずっと背後には、雨を吸い込み続ける暗い海がある。

「あんたがうちに来た時、私、まだ二十八だった。ぜんぜん若かった。人生でいちばん自由な時やった。なのに、あんたが来てから私はずっと忙しくなって、余裕がなくなって。家に人も呼べんかったし、こぶ付きじゃあ婚活だって上手くいきっこないし。こんげな人生、お姉ちゃんのお金があったってぜんぜん割りに合わんのよ」

環さんの姿が、ふいに滲(にじ)んで揺れる。涙だと、すこし遅れて私は気づく。私の目に、涙が溜まっている。

「そう――」私の声は掠(かす)れている。「だったの……？」

私はうつむく。ダイジンがドアの縁に座っていることに気づく。丸い目を大きく見開いて、ダイジンも環さんをじっと見ている。

「でも私だって――」

こんなこと言いたくない。

「私だって、いたくて一緒にいたんじゃない」

言いたくないのに。私は叫ぶ。

「九州に連れてってくれって、私が頼んだわけじゃない！　環さんが言ったんだよ！

うちの子になれって！」

鈴芽、うちの子になりんさい。あの雪の夜に抱きしめられた温もりを、私はまだ覚えている。

「そんなの覚えちょらん！」

半笑いの声で環さんが言う。腕を組み、環さんは私を怒鳴りつける。

「あんた、もううちから出ていきんさい！」

環さんの口の端が笑っている。

「私の人生返しんさい！」

それなのに、環さんの目は泣いている。違う、とその瞬間に私は思う。これは環さんじゃない。シャーッ！　とダイジンが私の隣で威嚇の声を上げる。環さんは——環さんの体は、両目からぼろぼろと涙を流しながら、口元だけに笑みを浮かべてじっと立っている。

「あなた——」私は思わず訊ねる。「誰？」

「サダイジン」

子供の声が、そう言った。

環さんの後ろに、大きな黒いシルエットが立っていた。

それは車よりも大きな——黒猫だった。薄暗がりの中で、つり上がった大きな瞳が
ギラギラと緑色に光っていた。
「サダイジン……?」
私が小さく繰り返したその直後、ダイジンがうなり声を上げて車から飛び降りた。
駐車場の地面を蹴り、巨大な黒猫の顔に躊躇なく飛びかかる。女の悲鳴のような高い
声を上げ、二匹は揉み合う。黒猫の巨体がどすんと倒れ、転がるように取っ組み合い
を始める。
「ええっ——!?」
私は混乱したまま、呆然とその喧嘩らしき行為を眺めた。ふいに、目の前で直立し
ていた環さんの体がふらりと揺れた。吊っていた糸がぷつんと切れたかのように、地
面に倒れてしまう。
「え、ちょ、ちょっと……環さん!?」
環さんは地面にうつぶせたまま動かない。私は慌てて車から飛び降りて、彼女の脇
にかがみ込んだ。
「ねえ、環さん! どうしたの、大丈夫!?」
首の後ろに手を差し入れて、頭を上に向けながら上半身をごろりと回す。胸は上下

に動いている。呼吸はあるのだ。ふいに猫の悲鳴が途切れていることに気づき、私は顔を上げた。

「——え！」

目を疑った。馬のような大きさだった黒猫が、半分ほどのサイズになっていた。ダイジンは首根っこをくわえられ、黒猫の顔の下でぶらぶらと左右に揺れている。まるで親猫と仔猫だった。黒猫はゆっくりとこちらに向かって歩き始め——その一歩ごとに、体が縮んでいった。まるで遠近の法則が狂ってしまったかのようだった。黒猫は私に近づくにつれて小さくなり、横を通過してオープンカーに飛び乗る頃には、大型犬と同程度の大きさとなっていた。

「な——」

なにが起きているのか、分からなかった。最初の巨大な姿は目の錯覚で、本当は最初からただの大きめの猫だったのだろうか。私はぽかんと口を開けたまま、車に乗った二匹の猫を見つめた。黒猫はダイジンを口から離し、二匹は後部座席にきちんと座った格好で、揃って私を見上げた。真っ黒い毛並みに緑色の目をした大型の猫と、白い毛で黄色い目をした痩せた仔猫。でも私を見つめる瞳の印象は、とてもよく似ていた。

「ダイジンと、サダイジン……？」

私は思わず呟く。二匹は同じ場所から来たんだ——と、私はなぜかふと思った。彼らの瞳は、私を見ながらも私を通り越していた。この猫たちの瞳は、あちら側の世界を見つめていた。

「鈴芽……？」

私の腕の中で、環さんが掠れた声を出した。

「環さん！」

どこかぼんやりした目で、環さんが私を見上げている。

「私、どうして……」

「環さん、大丈夫？」

その顔に、突然に生気が戻った。

「あ……あの、私！」と環さんは早口で言って立ち上がり、

「ごめん、ちょっと！」

そう言って、建物へと小走りで駆けていく。私はとっさには力が入らず、地面に膝をついたままの姿勢でその背中を見送ってしまう。環さんの姿が自動ドアの中に消えてから、私はゆっくりと車を振り返った。黒と白の猫二匹は、座席の上でくっつくようにして丸くなっていた。ひと仕事終えたと言わんばかりに、ごろごろと喉を鳴らし

て眠り込もうとしている。

いつの間にか、雨はもう小降りになっていた。

「芹澤くん！」

背中から声をかけられた時、芹澤さんはソフトクリームを片手に、クレーンゲームの景品を眺めているところだったそうだ。せっかくこんな場所まで来たのだから、記念に何かご当地めいたお土産でも持って帰ろうか――そんなふうにぼんやりと考えていた時に、その切羽詰まったような声に名前を呼ばれたのだ。

「はい？」

振り返ると、そこに立っていたのは涙で化粧崩れした顔の、環さんだった。――勘弁してくれよ、と反射的に芹澤さんは思った。

「私、ちょっとおかしいみたい……」

「は？」

「なんであんげなこと――」言いながら、環さんは両手に顔をうずめていく。

「言ってしまったっちゃろう……！」

おいおいおい、と芹澤さんは思う。環さんは声を上げて泣きはじめる。

「ちょっとちょっとちょっと……！」

芹澤さんは慌てて歩み寄る。うええーんとまるで子供みたいに、環さんは泣き声を上げている。カフェテリアや物産店から、店員や客たちが何事かとこちらを見る。勘弁してくれよとまた思いながら、芹澤さんは小声で言う。

「ど、どうしたんすか？」

環さんは答えない。ひっくひっくとしゃくり上げている。

「え、ちょっと大丈夫？　こんなところで泣かないで──」

環さんの顔を覗き込もうと芹澤さんが身をかがめると、

「あ！」

手に持ったソフトクリームのコーンから、アイスの部分だけがぺちゃりと床に落ちてしまう。──勘弁してくれよ、とまた思う。まだ二口しか舐めていなかったのに。だいたいなんで俺が──ショートカットの小さな頭と震える細い肩を見下ろしながら、芹澤さんは思う。なぜ俺は知らない田舎の道の駅で、たぶん二十近くも年上であろう知らない女に泣かれているのだ。

「うええ〜ん。ひっくひっく。うえええ〜ん」

もうやけくそで、芹澤さんは環さんの肩に手を置き、ぽんぽんと優しくたたく。

環さんは一層に泣き声を大きくする。周囲の人々はまるで落とし穴を避けるみたいに、二人からは大きく距離を取って歩く。芹澤さんはこぼれそうになった溜息を飲み込み、天井を仰ぎ、闇深ぇ、と口の中で呟いた。環さんが更に大泣きしてしまわないように、彼女には聞こえないように小さな声で。

してほしいこと

「けんかをやめて〜、ふたりを止めて〜、私のために〜争わないで〜」

芹澤さんの場違いな昭和歌謡が、私たちに向けられた彼女なりのメッセージらしきものであることに、私はさすがに気づいてはいた。

「せからしかね！」

　でも、助手席の環さんはぴしゃりとそう言う。私も同感。うるさい。余計なお世話。

「ええ？　ゲストに合わせて選んでるんだけどなあ」

　いかにも心外だという口調で、車を運転しながら芹澤さんは言う。道の駅を出発した赤いオープンカーは防潮堤と畑に挟まれたのどかな田舎道を走っていて、すれ違う人も車もほとんどない。ごめんーなさいねー私のせいよ～、二人の心ーもてあーそんで～。聴いたことがあるようなないような懐メロをしばらく口ずさんでから、芹澤さんはちらりと私の方を振り返る。

「鈴芽ちゃん、晴れると気持ちいいでしょー、この車」

「……」

　私は無視をして、両手で持った大きなクリームサンドをかじる。あの後で急にお腹が空いて、パック牛乳と一緒に道の駅で買ったのだ。柔らかいパン生地を口いっぱいに頰張り、牛乳と一緒に飲み込む。ごくん。甘いパンは、体中の細胞が喜んでいるのが分かるくらいに沁みるように美味しかった。環さんとは、さすがに気まずすぎてあれから口をきいていない。でもあの後からは——駐車場でお互いに怒鳴りあってからは、何かがすこしだけ変わったように、私には思えた。雨上がりの澄んだ空気の中を走るオープンカーは、確かにとても気持ちが良かった。古い額縁が換えられたみたいに、空も雲も一層に鮮やかだった。空気は以前よりも酸素を余計に含んでいるかのように、なんだか呼吸が楽だった。

「空気が重いね」

黙ったままの私たちを交互に見て、芹澤さんが半笑いで言う。

「なあ、新入り？」

そう言ってバックミラーをちらりと見る。後部座席の片側シートを埋めるサイズの黒猫が、喉を鳴らしながら白い仔猫（こねこ）の毛繕いをしている。

「まさか一匹増えるとはねえ……しかしでけえ猫だな」

と面白そうに芹澤さんは言う。

「あ、虹（にじ）！　幸先（さいさき）いいなー」

見ると、確かに行く手の空には大きな虹が架かっている。わあ、と私は思うけれど、口には出さない。環さんも何も言わない。

「……全員反応なしっと」

気にするふうでもなく芹澤さんはそう言って、煙草をくわえて片手で火を付けた。

「鈴芽ちゃん、猫ってさあ」煙を吐きながら、のんびりとした口調で言う。

「理由もなくついてこないでしょ？　犬じゃないんだからさあ」

そうかもしれない。そうかもしれないけれど、私は今はどちらかと言えば、この状況で一人で喋り続けられる芹澤さんのメンタルの強さのほうが気になっている。東京を出発してから八時間以上、私と環さんはドライブ中には一言も言葉を交わしていないのだ。

「その白と黒さあ」と、前を向いたまま彼は続ける。

「よほど鈴芽ちゃんにしてほしいことでもあるんじゃねえの？」

「そのとおり」

と、子供の声が答えた。

「え」

全員が、私の隣の黒猫を凝視する。黒猫――サダイジンが首を上げ、緑色の瞳で芹澤さんをじっと見ていた。その瞳が、次にゆっくりと私を見る。その目にはくっきりとした知性があった。

「ひとのてで　もとにもどして」

「ねーー！」芹澤さんと環さんが、揃って驚愕の表情で叫んだ。

「猫が喋ったあ!?」

その時だった。センターラインをはみ出たオープンカーの正面に、トラックが迫っていた。運転手が驚いてクラクションを鳴らす。

「うわあぁぁっ！」

全員が悲鳴を上げて、芹澤さんがハンドルをぐいっと左に切った。トラックはブレーキ音を響かせつつ、ぎりぎりをかすめて通り過ぎる。私たちの車はぐるりと一回りスピンをし、がこん、と音を立てて土手の縁にバンパーを押しつけて停止した。

危なかった——と思った直後、よいしょっという感じで、前輪が土手の雑草を乗りこえた。

「え？」

車がゆっくりと、そのまま前に進んでいく。土手に沿って傾いていく。

「おいおいおい——」

芹澤さんが慌ててギアを変えアクセルを踏み、車をバックさせる。が、車体は更に前傾し、後輪がふわりと地面から浮く。

「ちょっとちょっとちょっと……！」

車は完全に道路から外れ、草に覆われた三メートルほどの急斜面をゆっくりと滑り落ちていく。タイヤが必死にバックをしようと、草をむなしくこすり続ける。しかし車は降りていく。がしゃん、と鈍い衝撃と共にフロントが地面にぶつかる。バシュッと派手な空気音を立てて、運転席と助手席のエアバッグが膨らむ。前席の二人がその様子を呆然と眺めている。と、今度は私の背中からうぃーんというモーター音が響き出す。見ると、トランクが開き、折りたたまれた屋根がせり出してくる。屋根はスライドしながら二枚に分離し、ばたん、と私たちの頭上を完璧に塞いだ。

「あ、直った」

と芹澤さんが放心したような声で言い、おもむろにドアを開ける。ドアは重力に引かれて芹澤さんの手から離れ、開ききって一度軽くバウンドし、それからバキンという音を立てて車体を離れ、地面に落ちた。サイドミラーが割れるパリンという乾いた音が、のどかな田園に響く。

「――まじか」

と平坦な声で芹澤さんが呟いた。

このようにして、私たちを乗せて東京から六百キロもの距離を走ってきた芹澤さんの愛車は、目的地を目前に沈黙してしまったのだった。どこかすぐ近くで、野鳥がぴーぴーと楽しげに鳴いていた。

＊　＊　＊

私が通りかかる車に親指を立て、必死にヒッチハイクを試みていた時――斜面の下の田んぼ沿いの草地では、大人二人が未だに呆然と、四十度の角度で斜面にもたれている車を見つめていた。

「ほんとに危なかったっちゃね……ていうか！」

車からようやく目を離し、環さんは声をひそめるようにして芹澤さんに言った。

「喋っちょったがね？　あの猫！」

環さんの隣で愛車の悲しい姿を見つめていた芹澤さんも、その言葉で我に返ったように環さんを見、声をひそめた。

「喋って――ましたよね、やっぱ!?　俺の幻聴じゃなくて！」

「喋っちょった！　なんなら最初の仔猫も喋りよった！『うるさい』って駅前で言うちょった！」

「言ってた！　言ってたよねやっぱ!?　なんなんすかあれ、心霊現象!?」

「いやそんなばかなこと――」

一方で、私のヒッチハイクはとても上手く行きそうになかった。斜面上の道路はぎりぎり車二台がすれ違える程度の狭い道で、周囲には水の張られた水田しかなかった。道路沿いには電柱が等間隔でどこまでも並んでいるばかりだった。そんな風景の中、十分待ってようやく通りかかったミニバンは、手を振る私の横を一切スピードを緩めることなく通り過ぎてしまった。運転席の作業帽を被ったおじさんは、私を見てあからさまに眉をひそめさえした。私の形相が必死すぎたのかあるいは隣にいる黒猫の巨体に驚いたのか、あるいはその両方か、とにかく次は思いきり笑顔で手を振ってみようと決めてはみたものの、それから五分以上が経過しても次の車は一向に現れないのだった。私は斜面下に向かって、声を張り上げた。

「芹澤さーん、あと十キロくらいだよねえっ？」

こんな場所でこれ以上、足止めされているわけにはいかないのだ。芹澤さんはドアの外れた車体に上半身を差し入れ、カーナビを操作し、私に向かって叫び返す。

「目的地まであと二十キロだってさ！　まだちょっと遠いねえ」

「私、走っていく！　ここまでありがとう、芹澤さん、環さん！」

そう叫んで、私は走り出した。二人の驚いたような声が背中に聞こえる。でも、走れない距離じゃない。黒猫もダイジンをくわえたまま私に付いてくる。彼らの得体も目的も知れないけれど、常に私の隣に居続けるその猫たちを、私は今ではすこし心強くも思っていた。

「え——走るって、え、まじ!?」

一方で大人たちは呆然と口を開け、遠ざかっていく私の背中を眺めたのだそうだ。一度も振り返らずにまっすぐに駆けていってしまう私を眺めながら——環さんはその時、すぐに心を決めたのだという。弾(はじ)かれたように周囲を見回し、草に埋もれた自転車を見つけ、駆け寄った。

「え？　どうしました？」

芹澤さんの言葉には応(こた)えず、環さんは草の中から自転車を引きずり出した。錆(さ)びついたフレームを両手で持ち上げて、起こす。前カゴのついた黄色い自転車だった。鍵(かぎ)はかかっていない。奇跡的にタイヤに空気も入っている。

「芹澤くん、私も行くから！」

そう言って環さんは両手でハンドルを持ち、自転車を押しながら斜面を駆け登った。

「ええっ⁉」

「ここまで送ってくれてありがとね！」

そう言って環さんは道路に出て、自転車にまたがった。

「え、ちょっと」

「君、意外と良い先生になれるかもしれんね！」

大声でそう言って、環さんは自転車を漕（こ）ぎだした。

「ええ、ちょっとちょっとちょっと――！」

慌てて道路に登ってきた芹澤さんが見たものは、ずっと遠くを走っていく私と猫の背中と、自転車でそれを追う環さんの後ろ姿だった。やがてカーブを曲がり、全員の姿が木の陰に見えなくなっていく。

「……なんだったんだ、あの二人」

両手を腰に当て、芹澤さんは呆気（あっけ）にとられて呟く。振り返ると、彼なりに大枚をはたいて購入し大切にしてきた赤いＢＭＷが、同情するように土手下から彼を見上げている。なんだったんだ、と愛車に話しかけるようにして繰り返す。八時間も車を運転し続け、自分なりに場を和ませようと環さんの世代が好きであろう曲をかけつづけ、突然に車を失い、しまいには置き去りにされてしまった。なにやら闇の深そうな叔母（おば）と姪（めい）は、後ろを振り返りもせずにあっさりと行ってしまった。

ふっと、腹の底から笑いが込み上げてきた。ははっと笑うと、なおさらに愉快になった。

「はははは……っ！」

いっそ爽快（そうかい）だった。芹澤さんはひとしきり大笑いをした後、空を見上げ、緑の匂いを肺いっぱいに吸いこんだ。そして心に湧き上がってきた思いを、素直に口にした。

「いいなあ、草太のやつ！」

俺はたぶん、なにかの役割を果たしたのだ——理由も分からずに、でもなぜか芹澤さんにはそう思えた。草太のことはまあ、鈴芽ちゃんに任せておけば何とかなるのだろう。そして鈴芽ちゃんには、あの愛情過多の叔母さんと二匹の謎猫がついている。うん、まあ何とかなるさ、きっと。俺はそろそろ、俺自身の人生に戻る頃合いなのだ——良い先生になれるよと太鼓判も押してもらえたことだし。

芹澤さんは、くしゃくしゃに潰れた煙草をポケットから出して口にくわえ、火を付けた。今までさして美味いとも思っていなかったけれど——その煙は、初めて感じる伸びやかな達成感のようなものを、芹澤さんの全身に届けてくれた。

乗りなさい、と私に言った後は一言も口をきかず、環さんはただただ自転車を漕ぎ続けていた。

細い道路の両脇には背の高いススキが一面に茂っていて、電柱だけが、私たちを道案内するみたいにずっと途切れずに続いていた。あちこちでヒグラシが包み込むように鳴いていた。九月の太陽はいつの間にかずいぶんと傾いて、左側から世界をまっすぐに照らしていた。

私の目の前で自転車を漕ぎつづける環さんの背中は、覚えているよりもなんだかすこし小さかった。白いタンクトップが、汗で肌に貼りついていた。首筋からは玉のような汗が、ひっきりなしにころころと流れていた。

「……環さん？」

私は小さく声をかけた。どうしてこんなに必死なのか、不思議だった。

「――もういいわ」

弾む息の間に、ぼそりと環さんは言った。

「え？」

「要するに、あんた、好きな人のところに行きたいっちゃろ？」

「え……ええっ⁉」

「なんか色々ぜんぜん分からんけど、要するに恋しちょるんやろ？」

「え、いや、れ、恋愛とかじゃないしっ！」

思いもかけなかったことを言われ、私は環さんのうなじに怒鳴った。ふふっ、と環さんは可笑しそうに笑う。やっぱりこの人ぜんぜん分かってない。耳まで熱かった。

「ねえ鈴芽、こん猫たちって……？」

そういえばといった感じで、環さんはふいに言う。黒猫は、自転車の前カゴに無理矢理体を押し込むようにして座り込んでいる。ダイジンは、黒猫の前脚とカゴの隙間にぎゅっと挟まっている。

「ああ――」

そういえば二匹とも、喋った姿を見られちゃったんだなと今さらに私は思い出す。

「ええと――なんか、神さまなんだって」

いつかの草太さんの言葉を思い出し、「気まぐれな？」と私は付け足す。

「気まぐれな神サマっ⁉ なんやとそれ？」

そう言って、環さんは吹き出した。あっはっはと聞こえる声で、気持ちよさそうにひとしきり笑う。まあそうだよね、と私は思う。私もくすくすと笑ってしまう。笑うなんて、ものすごく久しぶりのような気がする。もしかしたら私たちが一緒に笑うために――私はふと思う。このために、サダイジンはあの場に出てきたのかな。上半身を揺らす環さんと私の影が、右側の地面に濃く長く伸びている。

「あのね、」前を向いたままでふと環さんが言う。

「駐車場で私が言ったことやけど――」

私は環さんを見る。汗で湿ったショートカットが、風に揺れている。何本か混じった白髪に、私は初めて気づく。

「胸の中で思っちょったことはあるよ……。――でも、それだけでもないとよ」

うん、と私は言う。分かってる。

「ぜんぜん、それだけじゃないとよ」

私は息だけですこし笑う。

「……私も。ごめんね、環さん」

私はそう言って、環さんの汗だくの肩に手を置いて、うなじにぴたりと頬をつけた。環さんの匂いがした。それはお日様によく似た、いつでも私を安心させてきた匂いだった。私の好きな、環さんの匂いだった。

「――十二年ぶりの里帰りやね」

と環さんが言った。私は声に出さずに頷いた。ずっと遠くに、防潮堤の灰色の壁が見え始めていた。

故郷

「ただいまー、おかあさーん！」

外でたっぷり遊んだ後は、そうやって大きな声で母に呼びかけながら、私は家までのこの短い坂道を駆け登ったものだった。十二年ぶりに同じ場所に立ち、私はそのことを突然に思い出していた。そういう時、母はよく私のために甘いおやつを準備してくれていた。さつまいものケーキとか、シナモンシュガーの揚げパンとか、きなこをまぶした豆腐餅とか。家の間取りも、おやつの柔らかな甘さも、私を呼ぶ母の声色も、長い間すっかり忘れていたのに、今この瞬間は自分でもたじろぐくらいの鮮やかさで、それらの記憶が頭の奥から湧き上がってきていた。あの頃暮らしていた二階建ての家が、今も目の前に見えるようだった。そして家の中には――。

「ただいま、お母さん」

そういう記憶をそっと押し戻すように、静かな声で私は言った。

錆びついた鉄の小さな門扉を片手で押して、私は家の敷地へと歩いた。

そこは、草に埋もれた廃墟だった。家は低いコンクリートの基礎部分しか残っておらず、それらを色とりどりの植物たちが深く覆っていた。私の家だけでなく、あたり一帯が同じだった。かつていくつもの住宅が並んでいたこの場所全体が、一面の廃墟となっていた。あの頃はあったはずの小さな林もすっかり姿を消し、見渡すかぎりの、そこはほんとうにただの荒れ地だった。ここにあった全てのものは、十二年前に津波にさらわれたのだ。今ではその荒野を、二百メートルほど離れた場所から巨大な防潮堤（てい）が見下ろしていた。沈みかけの夕日が、それら全てを淡い赤色に染めていた。

　私が四歳の頃、大きな地震があった。

　それは日本の東側半分をまるごと揺らすほどの、本当にほんとうに大きな地震だった。

　地震が起きたその時、私は保育園にいて、お母さんは勤務先の病院にいた。私は園の先生たちに連れられて近所の小学校に避難し、結局、そこで十日ほど過ごすことになったのだったと思う。ずいぶん昔のことだから、ほとんどのことはもう忘れてしまった。毎日とても寒かったこと、防災無線がずっとサイレンを鳴らしていたこと、それからの毎日がおにぎりとパンとカップラーメンの繰り返しだったことなんかを、ぼんやりと覚えている。それと、他の子たちにはちゃんとお父さんやお母さんが迎えに来たのに、私のお母さんはなかなか来てくれなかったこと。私は自分に父親がいないことを寂しいと思ったことなんて一度もなかったけれど（私たちは最初から母子家庭だった）、その時ばかりは両親が揃っている子のことが心底うらやましかった。あまりの寂しさと心細さに、避難所では心だけじゃなくて全身がずっと痛かったことも、なんとなく覚えている。

そしてある日いきなり、お母さんの妹の環さんが、九州から私を引き取りにやって来たのだった。

私のお母さんは、結局最後まで帰ってこなかった。


家の裏庭にあった小さな井戸は、今もまだ残っていた。

あの頃は井戸には木の蓋(ふた)がされていて、子供には動かせない重さの石が上に置かれていた。幼い私は、時々蓋の隙間から小石を落とし、水音がするまでの数を数えていたものだった。当時はまだ、水があったのだ。

今、その井戸の穴は土に埋もれ、雑草が茂っていた。

私は錆びついた小さなスコップで、井戸の横を掘っていた。環さんは草から顔を出した基礎のコンクリートに腰掛けて、私のやることを黙って眺めている。私が何をしているのかきっと気になっているのだろうけれど、口を出さないと決めてくれたのだと思う。猫たちも、環さんの足元にじっと座り込んでいた。

スコップの先が、がちん、と固いものに当たった。

「……あった！」

私は思わず声を出した。スコップで穴の周囲を広げ、土の中に手を入れて、目的のものを持ち上げる。

クッキー缶だった。蓋の真ん中に、大きな幼い文字で「すずめのだいじ」と書かれている。私は缶についた泥を払い、それを基礎の上に置き、蓋を開けた。一瞬、青い畳の匂いがした――ような気がした。あの頃の、家の匂いだ。

「日記帳？」

と、横から覗き込んだ環さんが訊ねる。うん、と私は言った。

缶の中に入っていたのは、私の絵日記だった。他にも、当時流行っていた卵形の小さなゲーム機や、ビーズで作ったアクセサリー、お気に入りだった折り紙なんかが詰め込まれている。ぜんぶ、まるで先週埋めたばかりのようにすこしも古びてはいなかった。プラスチックには滑らかな艶があり、折り紙は染め上げたばかりのように鮮やかだった。これらは当時、私が常にリュックサックに詰めて持ち歩いていたものたちだった。環さんと九州に行く前に、私は一人でこの場所に来て、井戸の横に缶ごと埋めたのだった。そのことを、私はうっすらと覚えていた。日記の内容を確かめることが、この場所に来た目的の一つだった。

「私、あの頃のことって、もうあまり覚えてなくて――」

ページをめくりながら私は言った。クレヨンの下手くそな文字とカラフルな絵が、どのページからもはみ出すような勢いで躍っていた。三月三日。おかあさんとひなまつりをしました。三月四日。おかあさんとカラオケ大かい。三月五日。おかあさんとくるまにのって、イオンにあそびにいきました。

「私、扉に迷い込んだことがあったはずなの。きっと日記にそのことが――」

ページをめくっていく。

三月九日。おかあさんがかみをきって、すずめはかわいくなりました。

三月十日。おかあさんの34さいのおたんじょう日。おかあさんおめでとう！ 100さいまでいきてね！

ページをめくる。

「――！」

三月十一日。

ページは、真っ黒に塗られていた。クレヨンの油が、まるでさっき塗ったばかりのようにつやつやと光沢を持っていた。私は思い出していた。かじかんだ手。強く握った黒いクレヨン。白いページを塗りつぶしていく時の、下に敷かれた段ボールのごりごりした不快な感触。あの指先の感覚が、その時の爆発しそうな感情が、今、私の中にありありと蘇(よみがえ)っていた。長い間凍りづけにされていた記憶が、解凍されて溢(あふ)れ出してくるみたいだった。私はそれをもう、押しとどめることが出来なかった。

次のページをめくる。真っ黒に塗られている。

ページをめくる。真っ黒。

ページをめくる。黒。

避難所での生活で、私は毎日お母さんを探して歩いたのだ。毎日暗くなるまで、瓦礫(がれき)の町を一人で歩き続けたのだ。どこに行っても、誰に訊ねても、お母さんの行方は分からなかった。ごめんね、ごめんね、鈴芽ちゃんごめんねと、皆はただ言うばかりだった。私は毎日、今日こそはお母さんと会えましたと日記に書きたくて、でも書けなくて、そのことをなかったことにしたくて、毎晩日記を黒く塗り続けたのだ。紙の白い部分が残らないように、丁寧に、必死に、黒いクレヨンを塗り続けたのだ。

ページをめくる。黒。

ページをめくる。黒。

黒、黒、黒。

ページをめくる。

「……！」

息が漏れた。目の縁に溜まっていた涙が、ぽたぽたと日記に落ちた。

そこには、鮮やかな絵が描かれていた。

扉の絵だった。ドアの中には、星空が描かれていた。

そしてその隣のページには、草原に立つ二人の姿があった。一人は幼い少女で、一人は白いワンピースを着た、髪の長い大人だった。二人はにっこりと笑顔だった。

「──夢じゃ、なかった……！」

私は指先で、そっとその二人に触れた。盛り上がったクレヨンの顔料が、まるで直接過去に触れることが出来たかのように、指先にかすかに付いた。夢ではなかった。あれは本当にあった出来事だった。私は後ろ戸から常世に迷い込み、そこで母に会ったのだ。私の入ることの出来る後ろ戸は、この土地にあるのだ。

「そうだ、月が出てた、あの日！　あの電波塔に月がかかってた！」

後ろ戸の絵の隣には、月と、細い塔のようなものが風景として描かれていた。私は日記から目を上げて、あたりを見回した。

夕闇に沈みつつある荒野のずっと向こうに、それはあった。薄暗い風景にマッチ棒を一本だけ立てたみたいに、その電波塔は今もまっすぐに建っていた。

私はそこに向かって駆け出した。

「ちょ、ちょっと、鈴芽！」

環さんが慌てて叫ぶ。

「え、なに、この扉を探すってこと⁉　十二年前の瓦礫なんてもうないやろ？」

困惑した声が背中で遠ざかっていく。

私は暗くなりつつある荒れ地を、電波塔に向かってまっすぐに走った。隣ではサダイジンが、まるで私の影のように寄り添って走っていた。背の高い雑草の中には時折、コンクリートの床があり、短い階段があり、タイヤや木材などの放置された瓦礫があった。私は電波塔が視界いっぱいに収まるあたりまで近づき、そこで足を止めて周囲を見回した。

「どこ……？」

息を弾ませながら目を凝らす。電波塔の左上には、ちょうどあの日と同じように黄色い満月がかかっている。このあたりのはずなのだ。

「すーずめ」

ふいに、幼い声がした。見ると、すこし離れた場所の暗がりに、仔猫（こねこ）のシルエットがあった。

「ダイジン……」

私は駆け寄る。すると、ダイジンは逃げるように無言で走り出した。

「え……ちょっと、なによ！」

私は後を追った。コンクリートの根本が残った門のような場所を通り過ぎる。そこでダイジンが立ち止まり、こちらを見上げた。

蔦に埋もれた板のようなものが、低い石垣にもたれて横たわっていた。

「これって――」

私は草に膝をつき、板に目を近づけた。ドアだった。私は急かされるように、表面を覆った蔦を両手でむしり始めた。ドアを覆った根は強く硬く、力を思いきり入れないとなかなか千切れなかった。葉や茎の鋭さに、手のひらに薄く血が滲んだ。でもたいして痛くはなかった。私は夢中で蔦をむしり取り、露出させたドアを両手で抱え、石垣に立てかけた。

それは、どの家の中にもあるようなごく普通の木の扉だった。コの字型の木枠に、蝶番でドア板が取り付けられている。表面の化粧板はぼろぼろに剝がれていて、腰の高さには錆びついた金属のノブがあった。間違いない。このドアだった。このドアが、幼い頃に私が開けた、私の後ろ戸だった。

「ダイジン、あんたもしかして――」ある考えが、突然に私の頭を打った。

「後ろ戸を開けてたんじゃなくて、後ろ戸がある場所に、私を案内してくれてたの⁉」

痩せた顔にぎょろりと開いた黄色い瞳で、ダイジンは私をじっと見つめている。

「今まで――ずっと……？」

自然に気持ちが湧き上がってきて、私は素直に口にした。

「ありがとう、ダイジン！」

ダイジンが驚いたような顔をし――それからみるみるうちに、痩せぎすだった体がふっくらと膨らんだ。だらりと下がっていた耳と尻尾が、嬉しそうに勢いよくぴんと立ち上がる。

「いこう　すずめ！」

大福のように丸い仔猫に戻ったダイジンが、弾む声でそう言った。

「うん！」

私はドアのノブを握り、開いた。エアロックを開けたかのように、ぶわっと風が吹きつけて私の体を圧した。開いたドアの中にあったのは、ぎらぎらと輝く満天の星空だった。

「うわあぁぁ……」

　思わず息が漏れた。夢に見続けた星空が、今、目の前にあった。ただ見えるだけではなかった。その風には懐かしい匂いがあり、その光には触れられそうな実存があった。入れるのだ——不思議と、そう確信することが出来た。これは私のための後ろ戸なのだ。いつのまにかサダイジンも、ダイジンと並んで私の隣に立っていた。

「鈴芽ー！」

　その時、後ろから声がした。振り返ると、環さんがこちらに走って来ているところだった。私は大声で叫んだ。

「環さん、私、行ってくる！」

「ええっ⁉　どこに⁉」

「好きな人のところ！」

　そう言って、私はドアの中に飛び込んだ。猫たちも付いてくる。まるでプリズムに囲まれたかのように、色とりどりの眩（まばゆ）い光が私を包んだ。

　環さんが見たものは、ドア枠の中にふっと消える私のシルエットだったそうだ。

　何かの見間違いのはず——そう思って駆けつけたドアのもとには、誰の姿もなかった。姪(めい)の姿も、猫の姿もなかった。そこは風ひとつない、静かな夜の草原だった。石垣に立てかけられた扉のドア板だけが、見えない世界からの風に吹かれているかのように、ギイギイと音を立てて揺れていた。

「鈴芽……」

　呟(つぶや)いた声が、掠(かす)れていた。何が起きたのかよく分からなかったし、見たはずのことが信じられなかった。環さんは混乱していた。ただ実家に行くだけでは済まないのではないかという、以前感じた不吉な予感。でもこの状況は、環さんの理解できる範囲を遥(はる)かに超えていた。

　お姉ちゃん——。どこにも繋(つな)がっていないドアを見つめながら、環さんは思った。

　もしそこにいるのならば——お願い、鈴芽を守って。

　やがてドアの揺れはぴたりと収まり、虫たちがそっと秋の準備を始めるかのように、密(ひそ)やかに鳴き始めた。

常世

まだ、燃えている町

　星空の中を、私は落ちていた。

　頭上を見上げると、私がくぐったドアが見えた。ドアの中には、電波塔にかかった満月が小さく見えていた。まばたきをすると——そこにドアはなく、大きな満月だけがあった。私は月をくぐって現世(うつしよ)から常世(とこよ)へと落ちたのだ——目覚めながら夢を見ているような奇妙にくっきりとした感覚の中で、私はそう思った。

　私の両隣では、黒いサダイジンと白いダイジンが、毛並みを風にはためかせながら同じように落下していた。眼前には眩(まばゆ)い天の川があり、眼下には黒い雲が地平線の彼方までを覆っていた。雲にぴたりと蓋をされたように、地表の様子はうかがい知れなかった。私の体は、その雲の中に落ちていった。雲が頭上の星を隠し、私は一時暗闇に包まれた。

やがて、眼下の雲の隙間からうっすらと地表が透けて見え始めた。何かがちらちらと光っていた。それは最初、真っ暗な大地を流れる何本もの光の川のように見えた。赤い光が、葉脈のように複雑な模様を地表に描いていた。

「――え？」

その葉脈が、ゆっくりと動いていた。ひときわ光が集まっている大地の一点が、こちらに向かって盛り上がってくるように見えた。大地全体がとぐろを巻くようにゆっくりと回転し、地面の一部が、私に向かって鎌首をもたげてきていた。

「……ミミズだ！」

目を見開いて、私は叫んだ。眼下の大地の全てが、一体の巨大なミミズだった。無数の発光する葉脈は、その体内を流れるマグマだった。現世での濁流のような体とは異なり、常世でのミミズにはくっきりとした実体があった。それは名前の通り、どこまでも巨大な一匹のミミズだった。

「後ろ戸から出るつもりだ！」

ミミズの頭の向かう先を見上げて、私は叫んだ。ミミズは月に向かって、その巨大な体をゆっくりと伸ばしていた。

その時突然に、獣のような雄叫び(おたけ)が聞こえた。

サダイジンだった。黒猫が、昇ってくるミミズに向かってアオォォンと一声吠え(ほ)ていた。次の瞬間――サダイジンの全身が小刻みに震えたかと思うと、突然に弾け(はじ)るように、その体が一気に膨らんだ。

「――!」

私は目を瞠(みは)った。サダイジンは、家ほどの大きさの獣になっていた。黒かった毛並みは、一瞬で塗り替えられたように純白になっていた。尾と髭(ひげ)が長く伸び、まるで白い翼が生えたかのように黒い空にたなびいていた。

落下していく私の目の前で、昇ってくるミミズの頭と、落ちていくサダイジンが、激突した。サダイジンはミミズの体に爪を立て、その体を押し戻そうとするかのように地表に向かって落ちていく。旋風が巻き起こり、私の体は洗濯機に放り込まれたようにぐるぐると煽(あお)られる。ダイジンは私の肩にしがみついている。でたらめに回転する視界の中で、目の前をよぎった白い毛を私は必死に掴(つか)んだ。

「きゃああっ!」

体が急速に下に引っぱられ、私は思わず悲鳴を上げた。強風の中で何とか目を開けると、眼下にはミミズを押し戻していくサダイジンの巨体があった。私が摑んでいるのは、サダイジンの髭だった。落下のスピードが増していき、地表がぐんぐんと近づいてくる。地上ではミミズの長い胴体が巨大なとぐろを巻き、うねる丘のようになっていた。その丘の中心に、ぽつんと青く光るものがあった。

「あれって――」

吹きつける風の中で、私は必死に目を凝らした。

「草太さん！」

それは椅子だった。赤く燃えるようなミミズの体の中で、椅子の周囲だけが塗り固められたように黒い丘となっていた。その黒の中心で、かすかに脈打つような青い光を、椅子が放っていた。それは以前、後ろ戸の中に見た、ミミズを抑え続ける孤独な草太さんの姿だった。

と、地上から轟音が響いた。ミミズの頭が、ついに地面に接したのだ。サダイジンがミミズの頭を踏みつけ、大地ごと激しく揺れる。サダイジンが頭を振り、摑んだ髭ごと私も振り回される。手から、するりと髭が抜けてしまう。

「――っ！」

私は空中に放り出される。地面に頭から落ちていく。私の喉がまた悲鳴を上げている。ふいに肩にしがみついていたダイジンが、ひゅっと息を吸った。ばんっと弾けるような音がして、次の瞬間、私は柔らかな毛並みに包み込まれていた。直後、激しい衝撃に体が突き上げられて、落下が止まった。

「……ダイジンっ⁉」

私は身を起こした。熊ほどの大きさの白い獣の腹に、私は乗っていた。ダイジンが大きく膨らんで、落下の衝撃から守ってくれたのだと私は気づく。ぎゅっと目をつむった大きなダイジンの顔が、痛みにぷるぷると震えていた。もう限界とばかりに、膨らんだ体がしゅるしゅるとしぼみ始める。私は猫の体から降り、地面に膝をついた。そこはぬかるんだ泥で、あたりにはトタンや木材などが散乱していた。ダイジンは瓦礫の中に仰向けに倒れたままの格好で、元の仔猫の大きさに戻っていた。

「お前、私を守って──」

ダイジンが、ぱちりと目を開いた。

「すずめ　だいじょうぶ？」

そう言って、元の俊敏さで体を起こす。私はほっと息をついた。あらためて周囲を見渡しながら、私は立ち上がった。

「なに、ここ……？」

私を取り囲んでいるのは、燃えている町だった。ある家は横倒しになり、ある家は完全に崩れ、ある家は傾いて屋根瓦（がわら）を落としていた。斜めになった電柱から、信号機がぶら下がっていた。あちこちに群生する植物のように、車やトラックが固まって倒れていた。すこし離れた場所には、何隻もの漁船が陸に打ち上げられて黒いシルエットとなっていた。足元は、潮水と油をたっぷりと含んだ、黒いヘドロだった。

そしてそれら全てが、まるで数時間前にそれが起こったばかりのような生々しさで、燃えていた。人の姿はどこにもなかった。人間から切り離されたあの夜の風景だけが、ここにあった。

「ここが常世なの……？」

常世は見る者によってその姿を変える——草太さんのおじいさんに聞いた言葉を私は思い出していた。そうか、と奇妙な納得が私を打った。まだ燃えていたんだ。十二年間、ずっと——あの日の夜の町は、私の足元に在（あ）り続けていたのだ。深い地面の底で永遠にあの日のまま、燃え続けていたのだ。

「——！」

視界の端に、青い光が見えた。

「……草太さんだ！」

私はその方向に走り出した。ダイジンが肩に飛び乗ってくる。燃える屋根の隙間に、黒い丘があり、その頂きに光が見えた。それほど遠くじゃない。ヘドロを蹴り上げ、炎の合間を縫って私は走った。背後で地響きが鳴り、サダイジンの咆吼がした。振り返ると、再び月に伸び上がろうとするミミズの頭を、サダイジンが引き戻そうとしていた。食い止めてくれている——私は丘に視線を戻し、走るスピードを上げた。

次の瞬間だった。私の目の前に燃える柱が倒れ込んで来た。

私は思わず尻餅をつく。吹き上がった火の粉が私の顔をざっと洗い、誰かの家の匂いが一瞬私を包む。遅れてやって来た熱波に、私は慌てて後ずさる。目の前で柱が、食器棚が、テーブルが燃えている。ヘドロに埋まった私の手の横に、きりんのヌイグルミが落ちている。ごうごうと音を立て、炎が眼前で暴れている。

「はあっ、はあっ、はあっ……」

肺が勝手に喘ぐ。吸い込む空気に、奇妙な匂いがあることに私は気づく。爛れたように甘くて、焦げ臭くて、生臭い潮の匂いが混じっている。今までに何度も嗅いできた、それはミミズの匂いだった。あの甘い匂いは、あの日の夜の匂いだったのだ。

目に映った炎が、ふいに滲む。私はまた泣き出しそうになっていた。涙が目の表面いっぱいに溜まっている。なぜこんなにも、私は弱いのか。腹立ちをてこにして私は立ち上がった。炎を迂回し、走る。ただ走る。ぱちぱちと爆ぜながら燃える乗用車の脇を走り、居間のカーテンがはためく誰かの家の庭を横切り、屋上に漁船を乗せたビルの横を走り抜ける。燃える町の夜空には、奇妙なクラゲのような白いものが幾つもひらひらと舞っている。それはタオルやハンカチ、シャツや下着の切れ端である。無数の布が、この場所にしかいない珍しい空の生き物のように、黒い空の中をぼんやりと光りながら舞っている。

やがて、周囲からはだんだんと家が減り、瓦礫が減り、炎が減ってくる。車が減り、船の姿が目立ち始める。町の中心部を抜け、郊外に来つつあるのだ。サダイジンとミミズの頭はずっと遠くの風景となり、代わりに黒い丘が目の前に迫っている。丘に近づいたことで、頂上の青い光は斜面に遮られて見えなくなっている。

ぐちゃぐちゃと音を立てていたヘドロの足元は、気づけば凍った霜のようになっている。ザッザッと霜を踏む音が、次第にパリンパリンという薄氷を踏む音に変わっていく。温度が下がっている。全身を湿らせていた汗は冷たく乾き、吐く息が真冬のように白くなっている。

私は丘の斜面を駆け登る。黒く凍りついたミミズの体には灰が降り積もっている。

やがて斜面の向こうに、青い光が見え始める。

「草太さん！」

椅子の背板が下からの青い光に照らされて、シルエットとなって見えていた。三本の脚は黒いミミズの体に深く突き刺さっていて、その箇所が脈打つように青く光っているのだ。何か冷気のようなものが、椅子からミミズの体内に流れ込んでいるように見える。私は抱きつくように椅子に駆け寄った。二つの目が彫られた懐かしい背板を、両手で摑む。

「草太さん！　草太さん、草太さん！」

答えない。それはただの、木の椅子だった。でもそれは、私のための椅子なのだ。この椅子のどこか深いところに、草太さんは確かにいるのだ。

私は椅子の座面を両手で摑み、思いきり引っぱった。ミミズから引き抜こうと、力を込める。椅子は氷のように冷たく、しっかりとミミズの体に食い込んでいる。歯を食いしばり、もっと力を込める。ガコ、と音を立てて、一本の脚が数センチだけ持ち上がる。ミミズとの間に出来た隙間から、青い光が眩しく漏れる。私の頰を照らすその光も、刺すように冷たかった。

「すずめ」左肩に乗っているダイジンが、その光に目を細めて私に言う。

「いしをぬいたら　みみず、そとにでちゃうよ」

「私が要石になるよ！」

考えるより前に、私は叫んでいる。

「だからお願い、目を覚まして──草太さん──！」

叫びながら、私は渾身の力で椅子を引く。冷気が椅子から手に伝わり、霜となって肌を昇っていく。私の両腕が、白い霜に覆われていく。

突然に、ダイジンが私の腕を駆け下りた。

「え？」

ダイジンは大きく口を開け、椅子の脚をくわえる。

「お前……！」

手伝ってくれているのだ。ダイジンのくわえた脚が、すこしだけ持ち上がる。隙間から青く冷たい光が漏れる。ダイジンの体も霜に覆われていく。私は息を吐き、吸って、もう一度思いきり力を込める。またすこし椅子は持ち上がる。青い光がもっと眩しくなり、私たちの浴びる冷気はもっと強くなる。ずっと遠くから、サダイジンの咆吼がまた聞こえてくる。暴れるミミズの地響きが、さっきから断続的に地面を揺らしている。椅子を引きながら、私は必死に叫ぶ。

「草太さん、私、こんなところまで来たんだよ——！」

霜が肩を越え、顔に昇ってきている。睫毛にまで細かな氷が付いていく。

「答えてよ草太さん、草太さん、草太さん——！」

私の体からは、さっきからもう感覚が消えている。睫毛は凍りつき、まぶたは開けなくなっている。それでも私は力を緩めない。草太さんを抜こうとする気持ちだけが、私の体に熱い芯を通している。ガコン、とまた脚がすこし持ち上がる。冷気の光が、私をもっと凍らせる。それでも私は——。

ねえ、きみ。

その時、草太さんの声が聞こえた。どこから？　椅子からじゃない。耳から聞こえた声じゃない。

このあたりに、廃墟はない？

この声は——体の内側で響いている。

ハイキョ？

と私の声が聞こえる。凍ったまぶたの内側に、不思議そうな顔でこちらを見ている私が映っている。自転車にまたがっていて、その後ろは朝の青い海だ。これは——四日前、最初に出会った時の、草太さんの記憶だ。

君は——死ぬのが怖くないのか!?

そう言って、草太さんは私を見上げる。旅に出て二日目、廃校での戸締まりの時だ。

怖くない!

椅子に覆い被(かぶ)さってアルミ戸を押す私が、泥だらけの顔でそう叫ぶ。

ねえ、私たちってすごくない?

戸締まりを終えた後の、私の得意げな顔。

うん、きっと大事なことをしてる!

民宿の部屋で千果(ちか)にそう言う、浴衣姿の私の背中。

ね、草太さんも一緒に!

強引に草太さんに座ろうと、私はいたずらっぽく笑っている。

人気者なんですね、草太さんって。

嫉妬(しっと)に拗(す)ねた顔をぜんぜん隠せてない。

草太さん、待って!

そう言って橋から飛び降りた時の私は、一人になりたくなくて必死だったのだ。

ああ——これで——。

悲しそうに、草太さんが呟いている。泣き出しそうな顔で、私が覗き込んでいる。

これで終わりか——こんなところで——。

東京上空のミミズの上で、徐々に要石となっていく草太さんが言っている。視界が、だんだんと氷に閉ざされていく。

でも俺は——君に会えたから——。

私の顔が泣いている。ばかみたいに涙をだらだらと流している。

君に会えたのに……！

私の泣き顔を最後に、草太さんの視界は黒く閉ざされる。

「草太さん！」

私は思わず叫ぶ。でも当然、その声は草太さんには届かない。私が聞いているのは、過去の——要石になってしまった時の、草太さんの心だ。暗闇に閉じ込められたまま、草太さんは薄れていく意識の中で、必死に叫んでいる。もう現世には届かない声で叫んでいる。

消えたくない。

もっと生きたい。

生きていたい。

死ぬのが怖い。

生きたい。

生きたい。

もっと――……

「私だってそうだよ！」

私は掴んだ椅子に向かって叫ぶ。

「私だって、もっと生きたい！　声を聞きたい。ひとりは怖い。死ぬのは怖いよ――草太さん……！」

だからお願い、目を覚まして。私は凍った体を動かして、まぶたを氷に縫い付けられたまま、椅子の背板に顔を近づけていく。まぶたの裏で垣間見た草太さんの記憶を、慈しむようになぞる。あんなにも、見てくれていたんだ。ずっと私の姿を見つめ、私の声を聞いてくれていたんだ。まぶたの内側に溜まった涙が、焼けるように熱かった。

草太さん――彼にだけ聞こえるように、私は囁く。

あなたがいない世界は、私には怖くてたまらない。

だから起きて。目を覚まして。

強く願いながら、私は冷たい椅子に唇をつけた。

その時草太さんがいたのは、常世よりもずっと深い場所にある、辺土（リンボ）の波打ち際だった。

彼は椅子に座ったままの姿で、分厚い氷に覆われていた。そこにはもう、音も、色も、温度もなかった。完璧（かんぺき）な静寂に彼は包まれていた。あるのはただ、奇妙に甘やかな無感覚だけだった。

……。

なかったはずの場所に、突然に、何かが生まれた。それは、熱だった。そこは、まぶたの裏だった。それは涙の熱さだった。

……。

音だ。今度は耳が、熱を持ち始めていた。遠い場所からの誰かの声が、彼の耳に意味を与え始めていた。

……。

唇だった。誰かのかすかな体温が、彼の唇に色を取り戻させようとしていた。切れていたはずの彼と世界とを結ぶ糸を、誰かが一本一本、繋ぎなおしているかのようだった。

彼はゆっくりと目を開いた。

目の前に、一枚の古びたドアが立っていた。

ああ——唇から息が漏れる。その息も熱い。

ドアが、がちゃりと開いた。眩しさに、彼は目を細める。そこには誰かがいる。こちらに手を伸ばしている。彼の世界に入ってくる。彼も腕を伸ばそうとする。

氷が割れて、指先同士が触れる。互いに手を握る。熱が流れ込んでくる。その華奢な手が、力強く彼を引っぱる。熱い涙が、彼のまぶたから溢れ出す。氷が溶ける。砕けていく。

そして彼の体は、ついに椅子から離れる。そのドアを、彼はくぐる。

❖

❖

❖

青い光が爆ぜて、椅子が抜けた。

私は椅子を持ったまま、後ろ向きに弾き飛ばされた。丘の斜面をごろごろと転がり落ちていく。回る視界の中に、椅子の脚をくわえたままのダイジンの姿もちらりと見えた。為す術なく転げ落ちながら、体を凍てつかせていた冷気が抜けていくのを、私は感じていた。と、背中に強い衝撃を受け、ふいに意識が遠のいた。

しかしそれは一瞬だった。

体が止まったことを感じ、私ははっと目を開いた。

目の前に、彼がいた。

草太さんが、目をつむって横たわっていた。人の姿の草太さんだった。伏せられた長い睫毛が、切り立った頰に淡い影を落としていた。左目の下の完璧な位置に、小さなほくろがあった。白く滑らかな肌には、あたたかな血色があった。彼はゆっくりと呼吸をしていた。自分たちの体に熱が戻ってくるのを、私は日の出を眺めるような気分で感じていた。彼が、うっすらと目を開いて私を見た。

「……鈴芽さん？」

「草太さん――」

草太さんがゆっくりと上半身を起こす。私も起き上がる。

「俺は……」

夢から覚めたばかりのような顔で、私を見ている。私は微笑む。

その時、草太さんの肩越しに横たわる白い毛並みに、私は気づいた。

「ダイジン⁉」

私は慌てて駆け寄る。白い仔猫が、泥の中にぐったりと倒れ込んでいる。私はその小さな体を、両手ですくい上げた。その体は、まだ氷のように冷たかった。

「どうしたの、大丈夫⁉」

ぷるぷると小刻みに震えながら、ダイジンは細く目を開けた。すずめ、と掠れた声を出す。

「だいじんはね――すずめの子には　なれなかった」

「え？」

うちの子になる？　何気なく言った自分の言葉を、私はとっさに思い出す。うん、とあの時ダイジンは答えたのだ。一度開かれたダイジンの瞳が、また閉じていく。軽かった仔猫の体が、石のように重く、ますます冷たくなっていく。

「……ダイジン？」

「すずめのてで　もとにもどして」

「――！」

私の手の中にあるものは、石像だった。私が九州で抜いた時と同じ、短い杖のような形をした石の像だった。冷たい要石に、ダイジンは戻ってしまった。ふいに涙が溢れ、私は声を押し殺した。この旅の間中ずっと望んでいたことだったのに――私は泣いていた。

その時、苦しげな獣の悲鳴があたりに響いた。頭上からだった。見上げると、サダイジンがミミズに巻き付かれ、空に持ち上げられていく姿が見えた。

「あれは――二つ目の要石か⁉」

草太さんが声を上げ、驚いた顔で私を見る。

「君が連れてきたのか⁉」

今度は背後から地響きが聞こえ、私たちは振り返る。固まっていたはずの黒い丘が、ゆっくりと動き出していた。

「ミミズの尾が自由になったんだ――後ろ戸から全身が出てしまう！」

と草太さんが叫ぶ。そうだ、と私も今さらに気づく。ミミズには今、要石は刺さっていないのだ。私は両手に持った石像を、思わずぎゅっと胸に抱く。

頭上で、サダイジンがまた吠(ほ)えた。大きく口を開け、赤黒く光るミミズの胴体にかぶりつく。上空のミミズの体から、血とも溶岩ともつかないものが噴き出る。ミミズが激しくのたうち、地上の黒い丘も波打つようにほどかれていく。足元が、立っていられないほどに激しく揺れる。

「きゃあああっ！」

私は思わず悲鳴を上げた。ミミズの黒い尾はみるみるうちに赤みを取り戻しながら、瓦礫(がれき)をなぎ払うように地表を撫(な)でていく。車や家や電柱が、まるで木の葉のように宙に舞う。そしてばらばらと頭上に落ちてくる。私は反射的に頭を抱えて、泥の中にうずくまってしまう。

「——え？」

その私の体を、大きな手がふわりと持ち上げた。草太さんだった。私を両腕で抱えたまま走り出す。走る彼のすぐ後ろに、すぐ横に、目の前に、巨大な瓦礫が落ちてくる。彼はその間を縫って走る。泥と瓦礫の破片が、私の目の前を目まぐるしく過ぎていく。私は一瞬だけ、その逞(たくま)しさに陶然となる。草太さんの本来の姿に、その体の確かさに、その力強さに、めまいのような感動を覚える。と、すぐ目の前にコンクリートの塊が落下し、草太さんはバランスを崩す。転びそうになる。私は自分で彼の腕から飛び降り、泥に片手をつき、走り出した。

「鈴芽さん！」並んで走りながら草太さんが心配そうに言う。

「平気！」と私は叫ぶ。そうだ、私たちは戦友だった。二人ならば無敵だった。世界の裏側でだって、私たちならば戦える。

「これからどうするの⁉」

燃える瓦礫の中でヘドロを蹴って走りながら、私は訊ねる。

「声を聴き、聴いてもらう」

「えっ？」

「付いてきて！」

そう言って、草太さんは周囲でもひときわ小高い瓦礫の山へと向かって行く。積み重なった車を登り、倒れた雑居ビルの壁を走り、横倒しに打ち上げられた漁船の船底によじ登る。私は必死に彼の背中を追う。漁船の上から、草太さんが手を伸ばしてくれる。片手で要石を抱えている私は、もう片方の手で彼の手を取り、何とか船の上に登る。息を切らせながら、彼の隣に並んで立つ。瓦礫の頂上であるこの場所からは、燃える町が一同に見晴らせた。

「かけまくもかしこき日不見（ひみず）の神よ！」

と、草太さんが大声で叫んだ。彼の見つめる先には燃える町があり、その奥ではミミズとサダイジンが絡み合っている。草太さんの深い声が、常世の大気に朗々と響きわたる。

「遠（とお）つ御祖（みおや）の産土（うぶすな）よ。久しく拝領つかまつったこの山河（やまかわ）、かしこみかしこみ、謹（つつし）んで――」

草太さんが、まるで町全体を抱きしめるかのように、大きく両手を広げた。目を閉じたその顔には、いくつもの玉の汗が浮かんでいる。

「お返し申す！」

そう叫びながら、ぱん！と両手を打ち鳴らす。次の瞬間――眼前の光景に、私は目を瞠（みは）った。

燃える夜の町が、薄いカーテンを透かしたかのようにゆらゆらと揺れていた。瓦礫の黒と炎の赤が溶け合うように淡くなっていき、代わりにゆっくりと、瑞々（みずみず）しい色彩が浮かび上がってくる。

それは朝日に照らされた、かつてのこの町の姿だった。色とりどりの屋根が陽射しを反射し、道路には何台もの車が走り、信号機の赤や青がちらちらと瞬いていた。ずっと奥の青い水平線には、白い漁船が光を散らしたように浮かんでいた。空気は澄み渡り、来たるべき春の予感をたっぷりと含んでいた。そこには生活の匂いも豊かに混じっていた。味噌汁の匂いがあり、魚を焼く匂いがあり、洗濯物の匂いがあり、灯油の匂いがあった。それは早春の、朝の町の匂いだった。

やがて風に運ばれるようにして、小さく声が聞こえてきた。幼い声、老いた声、頼もしい声、優しい声。様々な人の声が、幾重にも折り重なって私の耳に届き始めた。

おはよう。

いただきます!

いってきます。

ごちそうさま。

いってらっしゃい。

早く帰ってきてね!

気をつけていっておいで。

いってくるね!

いってきます。

いってらっしゃい。

いってきます。

いってきます！

それは様々な人たちの、朝の声だった。あの日の朝の声だった。

「――命がかりそめだとは知っています」

草太さんの大声が頭上から響き、私は我に返る。眼前の町は、燃える夜の姿に戻っていた。草太さんは目を閉じて両手を合わせたままの格好で、祈るように叫んでいた。

「死は常に隣にあると分かっています。それでも私たちは願ってしまう。いま一年、いま一日、いまもう一時だけでも、私たちは永らえたい！」

常世の火の粉まじりの熱風が、彼の黒髪と白いロングシャツをなびかせていた。

「猛き大大神よ！　どうか、どうか――！」

草太さんが目を開き、一層に大きな声で叫ぶ。彼の視線の遥か先には、ミミズの頭に乗ったサダイジンの姿がある。その巨大な白い獣も、動きを止めたままじっと草太さんを見つめている。

「——お頼み申します！」

グオォォォ、と応えるようにサダイジンが吠えた。ミミズの体を蹴り降り、私たちのいる場所に向かってまっすぐに走ってくる。一蹴りで何軒もの家を飛び越え、一蹴りで燃える川を渡り、一蹴りで校庭をまたぎ、みるみる私たちに迫ってくる。夜の町を吹き抜ける一筋の風のように、白い獣の体が眼前に押し迫る。思わず後ずさる私の手を、草太さんの大きな手がそっと握った。

「身を委ねて」

サダイジンがその口を大きく開いた。燃えるように赤い舌と、鋭く並んだ牙がすぐ目の前にある。飲み込まれる——思わず目を閉じた次の瞬間、

「——え!?」

空の中を、私は落ちていた。

両耳の中でごうごうと風が逆巻き、スカートがばたばたと暴れ、地平線がでたらめに回っていた。風に飛ばされていくヘアゴムがちらりと見えた。ポニーテイルがほどけて、髪が風に暴れていた。私は要石を両手で持ったまま、常世の空を落下していた。

「……ああっ！」

ずっと遠くの空に、同じように落下する草太さんの姿があった。その手にも、要石

があった。サダイジンが要石の姿に戻ったのだと、弾かれるように私は理解した。サダイジンは草太さんの手に、ダイジンは私の手に。草太さんが、要石を両手で頭の上に振り上げた。彼の落ちていくその先には、空に鎌首を持ち上げているミミズの頭があった。私も眼下を見下ろす。私の落ちていく先にも、空に昇ってくるミミズの尾がある。

何をすべきかを、私は知った。

彼と同じように、私も要石を振り上げる。ミミズの尾が私に迫ってくる。その体は、剝き出しになった無数の血管が絡み合っているように見えた。一本一本の管の中に、ちらちらと瞬きながら流れる赤い小川がある。私が振り上げた要石からも、まるで静脈のような青い光がたなびき始めた。赤と青の光の線が、まるで求め合うかのようにそれぞれに向かって伸びていく。それは美しい眺めだった。まるで花火の中を落ちていくようだった。落下の勢いと体の重さの全てを乗せ、

「お返しします！」

と声の限りに叫びながら、私は要石をミミズの体に振り下ろした。

とたん、ミミズを構成する全ての血管が沸騰し、泡となり、弾けた。

二本の青く長い光の槍が、ミミズの頭と尾を同時に貫いた。

次の瞬間、その長大な体は弾け飛び、光の雨となって地表に激しく降りそそいだ。同時に空を重く覆っていた雲も吹き払われて、眩い星空が地上を照らし出した。地気をたっぷりと含んだ虹色の雨が、きらきらと輝きながら瓦礫の町を撫で、炎を鎮めていく。空に架かった橋のように空中に残っていたミミズの残滓も、ゆっくりと地上に落ちていく。それは土だった。雨と土を存分に浴びた地表からは、みるみるうちに草花が芽吹き始めた。まるで町全体を抱きしめるかのように、緑が瓦礫を埋めていく。そして現出したのは——深い草に覆われ、眩しい星空に照らされた、静謐な廃墟だった。

❖ ❖ ❖

ぜんぶの時間

「鈴芽さん――」

柔らかく優しい声が、私の名前を呼んでいる。ひんやりとした指先が、私の頬をそっと撫でる。目を開くと、草太さんが心配そうに私を見下ろしていた。

「草太さん……」

私は草の中から、上半身を起こした。草太さんが白いロングシャツを脱ぎ、私の肩にそっと掛ける。制服がぼろぼろになってあちこち破れていたことに、すこし遅れて私は気づいた。

「私たち……」

「土に戻ったミミズと一緒に、地上に落ちたんだ。怪我はない？」

どこも痛くもなく、体も動く。うん、と言いながら私はゆっくりと立ち上がった。

ペットボトルとか空き瓶とか、木材とかプラスチックのおもちゃとかに混じって、その黄色い椅子は落ちていた。私は草地にしゃがみ込み、見覚えのあるその椅子を手に持った。間違いない。お母さんが作ってくれた、背板に瞳（ひとみ）の彫られた私のための子供椅子だった。くるりと裏返すと、やはり脚が一本欠けている。でも、すこしだけ違和感があった。新しいのだ――すこしだけ考えて、私はそう気づく。座面の欠けたその傷口も、鮮やかな黄色いペンキも、記憶にある椅子よりもずっと新しかった。作られて間もない瑞々（みずみず）しさが、傷ついたばかりの生々しさが、その椅子にはあった。

「あの日津波に流されたこの椅子を――」

頭に浮かんだ言葉を、私は独りごちた。

「私はここで拾ったんだ……」

私はあらためて、椅子を拾ったその場所を眺めてみた。草の中に、まるで波打ち際に打ち上げられた遠い国からのがらくたのように、様々な小物が一列にずらりと並んでいた。全部が、誰かから誰かへの遠い手紙のようだった。

「――鈴芽さん！」

すこし離れた場所で、草太さんが驚いたような声を上げた。

「誰かいる！」

「えっ⁉」

彼の目線を追う。ずっと遠くの丘の稜線(りょうせん)に、白っぽい有明(ありあけ)の満月がかかっていた。その方向に向かって、小さな人影がゆっくりと歩いている。

「子供……？」

と草太さんが言う。

「私──」湧き上がってくる驚きと戸惑いに、

「行かなきゃ！」

いてもたってもいられずに、私は椅子を手に持ったまま駆け出した。

「鈴芽さん？」

「ごめん、ちょっと待ってて！」

草太さんは何も訊(たず)ねず、その場に留(とど)まったまま見守るように私を見送ってくれた。

＊　＊　＊

頭の上で、星がぎらぎらと光っていた。

誰かのミスで光量つまみを十倍に引き上げられてしまったみたいに、その星空はばかみたいに眩しかった。満天の星と白い雲と夕日とが入り混じった空の下、遠くに見える子供のシルエットを目指して、私は歩き続けていた。ひたすらに草を踏みながら、私は必死に涙をこらえていた。

――そうか、と私は思う。

やっと分かった、と私は思った。

知りたくなかった。でもずっと知りたかった。

あれはお母さんだと、ずっと思っていた。いつかまた会えると、心のどこかで信じていた。同時に、もう会えないことも本当はずっと知っていた。草原の風は冷たく、吐く息は白かった。草太さんに着せてもらったロングシャツは私には大きすぎたから、私は制服の赤いリボンで腰の位置をぎゅっと絞っていた。そう着ると、それは白いワンピースのようだった。私の足元は、東京から履いてきた草太さんの黒い大きなブーツだった。ポニーテイルがほどけた髪は、肩下までのストレートだった。私の髪はいつのまにか、あの頃のお母さんと同じくらいの長さにまで伸びていた。

視線の先に、草にうずくまっている小さな背中があった。私は椅子をそっと草に置き、泥だらけのダウンジャケットの背中に近づき、囁(ささや)くように声をかけた。

「すずめ」

歩き疲れ、探し疲れて絶望に沈んでいたその少女は、ゆっくりとこちらを振り返った。それは、四歳の私だった。母を探して、偶然に後ろ戸をくぐり、常世に迷い込んでしまっている私だった。驚いたように私を見つめるその瞳には、長く続いた悪夢の出口をようやく見つけたような期待と不安が揺れていた。私はどんな顔をしたら良いのか分からなくて、でもすこしでも悲しみを減らしてあげたくて、必死に口元に笑みを作っていた。

「……おかあさん？」

とすずめが訊ねる。私は迷う。すずめの欲しい言葉が、私には痛いほどによく分かった。でも――。

「ううん」

そう言って、私は首を振った。すずめの瞳に涙が盛り上がっていくさまを、どうしようもなく私は眺めた。でも、彼女は泣かなかった。

「すずめのおかあさん知りませんかっ？」

かじかんだ小さな手をお腹の前できちんと組んで、精一杯に姿勢を正して、強い口調で彼女は言った。

「おかあさんもすずめを探してて、きっとすごく心配してるから、すずめ、早くおかあさんのところに行かなきゃいけないんです！」

「すずめ――」

「すずめのおかあさんは、病院のお仕事をしています。お料理と工作がじょうずで、いつもすずめの好きなものを何でも作ってくれて――」

「すずめ、あのね――」

「すずめのお家が……！」

だめだ。すずめの目からはもう、涙がぽろぽろとこぼれてしまっている。鼻水をすすり上げながら、幼いすずめは必死に喋(しゃべ)り続ける。

「お家がなくなっちゃったから……おかあさん、すずめのいる場所が分かんなくなっちゃってるだけだから――」

「もういいの！」

もう、聴いていられなかった。私は草に膝(ひざ)をつき、すずめを両腕で強く抱きしめた。

「私、本当はもう分かってたんだ……！」

私たちに向かって、私はそう言った。

「なんでっ⁉　おかあさんいるよ！　すずめを探してるんだってば！」

「すずめ！」

すずめは体をよじり、私をはねのけて走り出した。逃げるように私から遠ざかっていく。走りながら、星空に向かって叫んでる。

「おかあさーん、どこーっ？　おかあさんー！」

「ああっ！」

私は思わず手を伸ばす。すずめが、前のめりに思いきり転んでしまう。しかしすぐに、草の中から上半身を起こす。

「おかあさあああーん――！」

母を、私を、世界全部を責めるような激しさで、すずめは大声で泣いた。吐くように苦しそうに、体全部から絞り出すように、すずめは泣き続けた。激しく体を震わせ続ける彼女の向こうで、常世の赤い夕日が沈もうとしていた。まるで彼女の絶望を映しているかのような、血のように濃く重々しい夕景だった。その風景が、ふいにぐにゃりと滲んだ。私も、泣いていた。

「お母さん……」

そう口に出してしまうと、涙が止まらなくなった。目の前で泣き続けるすずめの苦しみは、私の苦しみだった。両者は等しく同じものだった。彼女の絶望も寂しさも、窒息するような悲しみも燃えるような怒りも、全部がその強さを保ったままで、今でも私の中にあった。吐くように、私も泣いた。私たちは、草に座って泣き続けた。

……でも。

壊れてしまいそうなすずめの泣き声を聞きながら、私は思った。でも、だめだ。このままじゃだめだ。私は泣きやまなくてはならない。すずめと私とは違うのだ。私は今も弱いままだけれど――すくなくとも、あれから十二年は生きたのだ。生きてきたのだ。すずめは一人きりだけれど、私はもうそうではないのだ。私がいま何かをしなければ、すずめはこのまま本当に真正に、この世界に一人きりになってしまう。生きていけなくなってしまう。

私は顔を上げた。すると目の端に、黄色いものが映った。私は手の甲で押し込めるようにして両目の涙を拭い、その子供椅子を手に取り、すずめへと駆け寄った。

「すずめ――」

泣きじゃくる少女の傍らに、私は椅子を置いてしゃがみ込んだ。

「ねえ、すずめ、ほら!」

「え……?」

瞳からぽろぽろと涙をこぼしながら、すずめが驚いた顔をする。

「すずめの椅子だ……。え? あれ?」

そう言って、不思議そうな顔で私を見上げる。

「……なんて言えばいいのかな」

私は笑顔を作りながら、言葉を探す。気づけば太陽は雲の下に沈み、あたりは透明な群青に包まれている。

「あのね、すずめ。今はどんなに悲しくてもね――」

私に言えることは、本当のことだけだった。とても単純な、真実だけだった。

「すずめはこの先、ちゃんと大きくなるの」

強く風が吹き、私たちの涙を頬から空に吹き上げた。空が暗さを増し、星たちが輝きを増した。

「だから心配しないで。未来なんて怖くない！」

すずめの瞳に、星が映っている。私はその場所までまっすぐに言葉が届くように願いながら、声を強くして、唇に笑みを作って、言った。

「ねえ、すずめ――。あなたはこれからも誰かを大好きになるし、あなたを大好きになってくれる誰かとも、たくさん出会う。今は真っ暗闇に思えるかもしれないけれど、いつか必ず朝が来る」

時が早送りをしているように、星空が目に見える速度で回っていた。

「朝が来て、また夜が来て、それを何度も繰り返して、あなたは光の中で大人になっていく。必ずそうなるの。それはちゃんと、決まっていることなの。誰にも邪魔なんて出来ない。この先に何が起きたとしても、誰も、すずめの邪魔なんて出来ないの」

幾筋もの流れ星が空で瞬き、やがて草原の向こうの空がピンク色に染まりはじめた。朝だ。私は朝日に照らされていくすずめを見つめながら、もう一度繰り返した。

「あなたは、光の中で大人になっていく」

そう言って、私は椅子を手に取り、立ち上がった。すずめは私を見上げながら、不思議そうに訊(たず)ねる。

「お姉ちゃん、だれ？」

「私はね――」

あたたかな風が吹く。足元の草花が吹き上げられ、踊るように私たちの周囲を舞っている。私は身をかがめ、すずめに黄色い椅子を差し出しながら言う。

「私は、すずめの、明日(あした)」

すずめの小さな手が、しっかりと椅子を摑(つか)んだ。

❖　❖　❖

幼い少女の目の前には、ドアがあった。

片手で椅子を抱え、片手でドアのノブを握り、少女は扉を開けた。

ドアの向こうは灰色の世界だった。まだ夜明け前で、薄暗く、粉雪が舞っていた。真新しい瓦礫が、あちこちで黒々としたシルエットとなっていた。まだ慰撫される前の悲しみに満ちた三月の土地が、ドアの向こうには広がっていた。

そこをくぐる前に、少女は一度だけ後ろを振り返った。

遠くの丘の上に、二人の大人のシルエットがあった。一人は背の高い男性で、一人はワンピースを風に膨らませた女性だった。彼らはまっすぐに、少女を見つめていた。風になびく草原で銀河に照らされているその二人の姿は、まるで絵のように美しかった。それは四歳の少女のまぶたに、永遠に焼きついた。

少女は再び前を向き、しっかりとした足どりでドアをくぐった。黄色の椅子を大切そうに抱えて、灰色の世界へと、少女は戻っていった。そしてしっかりと、幼い手でそのドアを閉めた。

❖　❖　❖

石垣に立てかけられたドアを閉めた後で、まだそのノブを握ったまま、私はそう呟(つぶや)いた。

「――私、忘れてた」

「大事なものはもう全部――ずっと前に、もらってたんだ」

隣に立っている草太さんが、穏やかな微笑みで頷(うなず)く。空は、夜明け直前の淡い水色だった。現世の空は、常世のそれよりもずっと薄く穏やかだった。それでもここには、あちこちに生命が満ちていた。あたりでは、朝の鳥たちが忙(せわ)しそうにさえずっていた。遠くの道では、仕事に出かける軽トラックがゆっくりと移動していた。防潮堤の向こうから、寄せては返す波音が小さく聞こえていた。

私はドアノブから手を離し、首から掛けていた閉じ師の鍵(かぎ)を握った。ドアの表面に浮かんだ光の鍵穴に、鍵を挿し込む。それから、朝の空気を胸の中いっぱいに吸い込んだ。草木と海と人の生活が混じった、朝の町の匂いだった。私の生きていく世界の匂いだった。

「行ってきます」

そう言って、私は私の後ろ戸に、鍵を掛けた。

六日目と後日談

あの日の言葉を

私の旅の物語は、これで終わりだ。

忘れたくない感情も、覚えておきたい出来事も、だいたい全部語り終えたと思う。

ここから先は短い後日談である。でもたぶん、エピローグとは呼べないと思う。エピローグと言うには、私の日々はまだばたばたと区切りなく続いているからだ。

扉を閉めた後――。
草太（そうた）さんと一緒に実家のあった場所まで戻ると、そこには予想外の人が待っていた。

芹澤(せりざわ)さんだった。環(たまき)さんと並んで、草の中でコンクリートにもたれて眠り込んでいた。彼を目にしたときの草太さんの顔は、ちょっとした見物だった。驚きと迷惑と親しみが混じり合って、なんだかとても複雑な表情で戸惑っていた。

「草太さんに貸した二万円を取り返しに来たんだって」

と教えると、はあ？　と草太さんは呆(あき)れたような声を出した。

「俺が借りたんじゃなくて——俺が貸してるんだよ、芹澤に」

と彼は言った。やっぱり芹澤さんに先生は向いてないんじゃないかな、と私は思った。ほどなくして二人が目を覚まし、四人でひとしきりの驚きや感激や誤解や弁明を交換しあった後、私たちは芹澤さんの車に乗り込んだ。

　赤いオープンカーは、フロント部が痛々しくも大きく凹(へこ)んでいて、シフトチェンジのたびに以前よりも激しくガタガタと揺れるようになっていた。外れたはずのドアは、ガムテープで車体に貼り付けられていた。あの後で芹澤さんはロードサービスを呼んで、車を土手から引き上げてもらったのだそうだ。私たち四人を乗せた車は海を見下ろす道をしばらく走り、山の中腹にある在来線の駅に停車した。環さんと芹澤さんを車に残し、私と草太さんは無人駅の改札をくぐった。

「一緒に帰ればいいのに……」

プラットホームで列車を待ちながら、隣に立っている草太さんに私は言った。

「人の心の重さが、その土地を鎮めてるんだ。それが消えて後ろ戸が開いてしまった場所が、きっとまだある」

遠くの空を見つめながら、草太さんはそう言った。列車の汽笛と車輪の音が、私たちに近づいていた。

「戸締まりしながら、東京に戻るよ」

と、何かを結論づけるような口調で彼は言った。一緒に行こう。そう草太さんが口にするのを、私はたぶん期待していた。でも彼がそう言わないであろうことも、私には分かっていた。私には戻るべき世界があり、彼には行うべき仕事があった。憎らしいくらいのスピードで一両編成の短い列車が私たちの前に滑り込んできて、ドアが開いた。草太さんが無言のまま列車に乗った。

「——あの、草太さん！」

彼が振り返る。発車のベルが鳴り出す。

「あの……」

私は口ごもる。と、ふいに彼がプラットホームに降りてきて、私を抱きしめた。

「鈴芽（すずめ）さん——俺を救ってくれて、ありがとう」

彼の声が耳元でそう言う。ぎゅーっと強い力で、私の体が草太さんに包まれる。鼻の奥がつんとして、ばかみたいにあっという間に、私の目は涙をこぼした。

「逢（あ）いに行くよ、必ず」

強い声でそう言って、彼はふわりと私の体から離れた。ベルが止み、ドアが閉まり、鳥が鋭く鳴いた。草太さんを乗せた列車が遠ざかっていくのを、私はじっと見つめた。草太さんにもらったロングシャツが、朝日を反射して私の体を眩（まぶ）しく光らせていた。


それから私たち三人はまた半日をかけて、芹澤さんのオープンカーで東京へと戻った。本当はあの車で帰るのはもうこりごりだったのだけれど（屋根が閉まらない車に乗って何時間も風に吹き続けられたら、きっと私の気持ちが分かると思う）、ここで芹澤さんを置いて自分たちだけぴかぴかの新幹線に乗るのは、さすがに申し訳なさ過ぎたのだ。案の定、帰りのドライブでも雨に降られたりパトカーに呼び止められたりエンジントラブルに遭ったりしたのだけれど、私たちはほとんどやけくそで、その道中を楽しんだ。道の駅で色々なお菓子を買い込んで、車の中で食べた。ハンドルを握った芹澤さんの口には、環さんがソフトクリームを運んであげた。芹澤さんが次々にかけるポップスを、知っている曲も知らない曲も、三人で大声で歌い続けた。周囲の車からずいぶん怪訝な目を向けられたけれど、私たちはもう気にしなかった。夕方に東京駅に着く頃には、三人ともくたくたに疲れ切っていた。東海道新幹線の改札の前で、私たちは固く握手をして別れた。

そこから宮崎に戻るまで、私と環さんは更に二日をかけた。神戸でルミさんのスナックに泊まり、愛媛で千果の民宿に泊まったのだ。環さんはそれぞれの家に東京駅で買い込んだ大量のお土産を渡し、このたびは娘がたいへんご迷惑をおかけしましてとひたすらに頭を下げていた。私たちはスナックでは接客を手伝い、民宿では家事を手伝った。環さんはスナックのお客さんたちに男女を問わず異様にモテていて、私は叔母の隠れた才能に驚かされた。ルミさんとミキさん、環さんと私の四人でカラオケを熱唱し（この数日で、私は昭和歌謡にずいぶん詳しくなってしまった）、千果とは同じ部屋で枕を並べて、窓の外が明るくなるまでお喋りをし続けた。

そして来た時と同じ港から、私たちはフェリーに乗って宮崎に戻った。宮崎の港には稔さんが迎えに来てくれていて、環さんは面倒くさそうな表情を見せつつも、どこか嬉しそうにも見えた。車でも電車でもフェリーでも、移動中にスマホで眺める日本地図が、気づけば私にはとても特別なものになっていた。

それから、何ヶ月かが経った。

私は毎日学校に通い、以前よりもいくぶん熱心に勉強をするようになり、来年の受験に備えていた。環さんと口げんかすることが増え、でもそれはどこか気持ちの良い思考の交換作業でもあり、彼女の作るお弁当は相変わらず凝りに凝っていた。通学路から見える海の青は、日に日に鮮やかさを増していった。私の目には——冬が深まるにつれ、海の青も、雲の灰色も、アスファルトの黒さも、その輝きを増していくように見えた。世界は光の中で、ある一点を目指して変化をし続けているようだった。

それはまるで世界の始まりの最初の一日のような、雲ひとつない青空に包まれた二月の朝だった。吹きつける風はまだ硬く冷たく、透明で清潔な陽光が町の隅々まで照らし出していた。私は制服に分厚いマフラーをぐるぐると巻いた格好で、海沿いの坂道を自転車で下っていた。制服のスカートが、深呼吸をするみたいにぱたぱたと膨らんでいた。

坂を歩いてくる人影が、目に入った。

その人はロングコートを風にはらませながら、しっかりとした足どりで私に近づいてくる。一目で彼だと分かった。あの日に皆が言えなかった言葉を、私はこれから言うのだとふと思った。彼が立ち止まる。私も自転車を止めた。海の匂いを深く胸に溜(た)めて、

「おかえり」

と、私は言った。

あとがき

本書『小説　すずめの戸締まり』は、僕が監督をして二〇二二年に公開予定のアニメーション映画『すずめの戸締まり』の小説版である。映画制作と同時に小説も書くという経験は『君の名は。』『天気の子』に続けて三度目となるが、毎回書き始める前はやや気が重く（そんなにたくさん働けないと思う）、書き始めるとだんだんと楽しくなってきて、書き終える頃には絶対に必要な仕事だったという気持ちになる。今回もそうだった。ヒロインである鈴芽（すずめ）の心を文章で追いかけていく作業は、たとえ映画版が存在しなかったとしても、僕にとってはやらなければならない仕事だったと今では思う。

以下、物語の根幹に少々触れる。

小説や映画を先入観なしに楽しみたいという方は、どうか本文から読んで（あるいは映画から観て）いただきたい。


僕にとっては三十八歳の時に、東日本で震災が起きた。自分が直接被災したわけではなく、しかしそれは四十代を通じての通奏低音となった。アニメーションを作りながら、小説を書きながら、子供を育てながら、ずっと頭にあったのはあの時感じた思いだった。なぜ。どうして。なぜあの人が。なぜ自分ではなく。このままですむのか。このまま逃げ切れるのか。知らないふりをし続けていたのか。どうすれば。どうしていれば。——そんなことを際限なく考え続けてしまうことと、アニメーション映画を作ることが、いつの間にかほとんど同じ作業になっていた。あの後も世界が書き換わってしまうような瞬間を何度か目にしてきたけれど、自分の底に流れる音は、二〇一一年に固着してしまったような気がしている。

その音を今も聞きながら、僕はこの物語を書いた。そしてたぶんこれからも、ぐるぐると同じようなことを考えながら、あまり代わり映えのしない話を（代わり映えさせようと努力はしているんですが）今度こそもうすこし上手く語ろうと、次こそはもっと観客や読者に楽しんでもらえるようにと、作り続けていくのだと思う。
今回の映画も小説も、あなたに楽しんでいただけることを願っています。

二〇二二年六月　新　海　誠

本書は書き下ろしです。
この作品はフィクションです。実在の人物、
団体等とは一切関係ありません。

小説（しょうせつ） すずめの戸締（とじ）まり

新海 誠（しんかい まこと）

令和4年 8月25日　初版発行
令和4年 11月5日　4版発行

発行者●山下直久

発行●株式会社KADOKAWA
〒102-8177　東京都千代田区富士見2-13-3
電話　0570-002-301（ナビダイヤル）

角川文庫 23284

印刷所●株式会社暁印刷
製本所●本間製本株式会社

表紙画●和田三造

●お問い合わせ
https://www.kadokawa.co.jp/（「お問い合わせ」へお進みください）
※内容によっては、お答えできない場合があります。
※サポートは日本国内のみとさせていただきます。
※Japanese text only

ISBN 978-4-04-112679-0　C0193

JASRAC 出 2205685-204

角川文庫発刊に際して

角川源義

第二次世界大戦の敗北は、軍事力の敗北であった以上に、私たちの若い文化力の敗退であった。私たちの文化が戦争に対して如何に無力であり、単なるあだ花に過ぎなかったかを、私たちは身を以て体験し痛感した。西洋近代文化の摂取にとって、明治以後八十年の歳月は決して短かすぎたとは言えない。にもかかわらず、近代文化の伝統を確立し、自由な批判と柔軟な良識に富む文化層として自らを形成することに私たちは失敗して来た。そしてこれは、各層への文化の普及滲透を任務とする出版人の責任でもあった。

一九四五年以来、私たちは再び振出しに戻り、第一歩から踏み出すことを余儀なくされた。これは大きな不幸ではあるが、反面、これまでの混沌・未熟・歪曲の中にあった我が国の文化に秩序と確たる基礎を齎らすためには絶好の機会でもある。角川書店は、このような祖国の文化的危機にあたり、微力をも顧みず再建の礎石たるべき抱負と決意とをもって出発したが、ここに創立以来の念願を果すべく角川文庫を発刊する。これまで刊行されたあらゆる全集叢書文庫類の長所と短所とを検討し、古今東西の不朽の典籍を、良心的編集のもとに、廉価に、そして書架にふさわしい美本として、多くのひとびとに提供しようとする。しかし私たちは徒らに百科全書的な知識のジレッタントを作ることを目的とせず、あくまで祖国の文化に秩序と再建への道を示し、この文庫を角川書店の栄ある事業として、今後永久に継続発展せしめ、学芸と教養との殿堂として大成せんことを期したい。多くの読書子の愛情ある忠言と支持とによって、この希望と抱負とを完遂せしめられんことを願う。

一九四九年五月三日

角川文庫ベストセラー

小説 秒速5センチメートル 新海 誠

「桜の花びらの落ちるスピードだよ。秒速5センチメートル」。いつも大切な事を教えてくれた明里、彼女を守ろうとした貴樹。恋心の彷徨を描く劇場アニメーション『秒速5センチメートル』を監督自ら小説化。

小説 言の葉の庭 新海 誠

雨の朝、高校生の孝雄と、謎めいた年上の女性・雪野は出会った。雨と緑に彩られた一夏を描く青春小説。劇場アニメーション『言の葉の庭』を、監督自ら小説化。アニメにはなかった人物やエピソードも多数。

小説 君の名は。 新海 誠

山深い町の女子高校生・三葉が夢で見た、東京の男子高校生・瀧。2人の隔たりとつながりから生まれる「距離」のドラマを描く新海誠的ボーイミーツガール。新海監督みずから執筆した、映画原作小説。

小説 天気の子 新海 誠

新海誠監督のアニメーション映画『天気の子』は、天候の調和が狂っていく時代に、運命に翻弄される少年と少女がみずからの生き方を「選択」する物語。監督みずから執筆した原作小説。

小説 ほしのこえ 原作／新海 誠 著／大場 惑

『君の名は。』の新海誠監督のデビュー作『ほしのこえ』を小説化。中学生のノボルとミカコは、ミカコが国連宇宙軍に抜擢されたため、宇宙と地球に離れ離れに。2人をつなぐのは携帯電話のメールだけで……。

角川文庫ベストセラー

小説 星を追う子ども
原作／新海 誠
著／あきさかあさひ

小説 雲のむこう、約束の場所
原作／新海 誠
著／加納新太

パイナップルの彼方
山本文緒

ブルーもしくはブルー
山本文緒

きっと君は泣く
山本文緒

少女アスナは、地下世界アガルタから来た少年シュンに出会うが、彼は姿を消す。アスナは伝説の地アガルタを目指すが——。『君の名は。』新海誠監督の劇場アニメ『星を追う子ども』（2011年）を小説化。

ぼくたち3人は、あの夏、小さな約束をしたんだ。青春や夢、喪失と挫折をあますところなく描いた1冊。映画「君の名は。」で注目の新海誠による初長編アニメのノベライズが文庫初登場！

堅い会社勤めでひとり暮らし、居心地のいい生活を送っていた深文。凪いだ空気が、一人の新人女性の登場でゆっくりと波を立て始めた。深文の思いはハワイに暮らす月子のもとへと飛ぶが。心に染み通る長編小説。

偶然、自分とそっくりな「分身（ドッペルゲンガー）」に出会った蒼子。2人は期間限定でお互いの生活を入れ替わってみるが、事態は思わぬ展開に……！　読みだしたら止まらない、中毒性あり山本ワールド！

美しく生まれた女は怖いものなし、何でも思い通りのはずだった。しかし祖母はボケ、父は倒産、職場でも心の歯車が嚙み合わなくなっていく。美人も泣きをみることに気づいた椿。本当に美しい心は何かを問う。

角川文庫ベストセラー

ブラック・ティー　山本文緒

結婚して子どももいるはずだった。皆と同じように生きてきたつもりだった、なのにどこで歯車が狂ったのか。賢くもなく善良でもない、心に問題を抱えた寂しがりたちが、懸命に生きるさまを綴った短篇集。

絶対泣かない　山本文緒

あなたの夢はなんですか。仕事に満足してますか、誇りを持っていますか？　専業主婦から看護婦、秘書、エステティシャン。自立と夢を追い求める15の職業の女たちの心の闘いを描いた、元気の出る小説集。

みんないってしまう　山本文緒

恋人が出て行く、母が亡くなる。永久に続くかと思ったものは、みんな過去になった。物事はどんどん流れていく――数々の喪失を越え、人が本当の自分と出会う瞬間を鮮やかにすくいとった珠玉の短篇集。

紙婚式　山本文緒

一緒に暮らして十年、こぎれいなマンションに住み、互いの生活に干渉せず、家計も別々。傍目には羨ましがられる夫婦関係は、夫の何気ない一言で砕けた。結婚のなかで手探りしあう男女の機微を描いた短篇集。

恋愛中毒　山本文緒

世界の一部にすぎないはずの恋が私のすべてをしばりつけるのはどうしてなんだろう。もう他人を愛さないと決めた水無月の心に、小説家創路は強引に踏み込んで――吉川英治文学新人賞受賞、恋愛小説の最高傑作。

角川文庫ベストセラー

ファースト・プライオリティー　山本文緒

31歳、31通りの人生。変わりばえのない日々の中で、自分にとって一番大事なものを意識する一瞬。恋だけでも家庭だけでも、仕事だけでもない、はじめて気付くゆずれないことの大きさ。珠玉の掌編小説集。

眠れるラプンツェル　山本文緒

主婦というよろいをまとい、ラプンツェルのように塔に閉じこめられた私。28歳・汐美の平凡な主婦生活。子供はなく、夫は不在。ある日、ゲームセンターで助けた隣の12歳の少年と突然、恋に落ちた――。

あなたには帰る家がある　山本文緒

平凡な主婦が恋に落ちたのは、些細なことがきっかけだった。平凡な男が恋したのは、幸福そうな主婦の姿だった。妻と夫、それぞれの恋、その中で家庭の事情が浮き彫りにされ――。結婚の意味を問う長編小説！

群青の夜の羽毛布　山本文緒

ひっそり暮らす不思議な女性に惹かれる大学生の鉄男。しかし次第に、他人とうまくつきあえない不安定な彼女に、疑問を募らせていき――。家族、そして母娘の関係に潜む闇を描いた傑作長篇小説。

落花流水　山本文緒

早く大人になりたい。一人ぼっちでも平気な大人になって、自由を手に入れる。そして新しい家族をつくる、勝手な大人に翻弄されたりせずに。若い母を姉と思って育った手毬の、60年にわたる家族と愛を描く。

角川文庫ベストセラー

なぎさ　山本文緒

故郷を飛び出し、静かに暮らす同窓生夫婦。夫は毎日妻の弁当を食べ、出社せず釣り三昧。行動を共にする後輩は、勤め先がブラック企業だと気づいていた。家事だけが取り柄の妻は、妹に誘われカフェを始めるが。

カウントダウン　山本文緒

岡花小春16歳。梅太郎とコンビでお笑いコンテストに挑戦したけれど、高飛車な美少女にけなされ散々な結果に。彼女は大手芸能プロ社長の娘だった！　お笑いの世界を目指す高校生の奮闘を描く青春小説！

シュガーレス・ラヴ　山本文緒

短時間、正座しただけで骨折する「骨粗鬆症」。恋人からの電話を待って夜も眠れない「睡眠障害」。フードコーディネーターを襲った「味覚異常」。ストレスに立ち向かい、再生する姿を描いた10の物語。

結婚願望　山本文緒

せっぱ詰まってはいない。今すぐ誰かと結婚したいとは思わない。でも、人は人を好きになると「結婚したい」と願う。心の奥底に巣くう「結婚」をまっすぐに見つめたビタースウィートなエッセイ集。

そして私は一人になった　山本文緒

「六月七日、一人で暮らすようになってからは、私は私の食べたいものしか作らなくなった。」夫と別れ、はじめて一人暮らしをはじめた著者が味わう解放感と不安。心の揺れをありのままに綴った日記文学。

角川文庫ベストセラー

きみが見つける物語
十代のための新名作　恋愛編
編／角川文庫編集部

はじめて味わう胸の高鳴り、つないだ手。甘くて苦かった初恋――。読者と選んだ好評アンソロジーシリーズ。恋愛編には、有川浩、乙一、梨屋アリエ、東野圭吾、山田悠介の傑作短編を収録。

きみが見つける物語
十代のための新名作　こわ〜い話編
編／角川文庫編集部

放課後誰もいなくなった教室、夜中の肝試し。都市伝説や怪談――。読者と選んだ好評アンソロジーシリーズ。こわ〜い話編には、赤川次郎、江戸川乱歩、乙一、雀野日名子、高橋克彦、山田悠介の短編を収録。

きみが見つける物語
十代のための新名作　不思議な話編
編／角川文庫編集部

いつもの通学路にも、寄り道先の本屋さんにも、見渡してみればきっと不思議が隠れてる。読者と選んだ好評アンソロジー。不思議な話編には、いしいしんじ、大崎梢、宗田理、筒井康隆、三崎亜記の傑作短編を収録。

きみが見つける物語
十代のための新名作　切ない話編
編／角川文庫編集部

たとえば誰かを好きになったとき。心が締めつけられるように痛むのはどうして？　読者と選んだ好評アンソロジー。切ない話編には、小川洋子、萩原浩、加納朋子、川島誠、志賀直哉、山本幸久の傑作短編を収録。

きみが見つける物語
十代のための新名作　オトナの話編
編／角川文庫編集部

大人になったきみの姿がきっとみつかる、がんばる大人の物語。読者と選んだ好評アンソロジーシリーズ。オトナの話編には、大崎善生、奥田英朗、原田宗典、森絵都、山本文緒の傑作短編を収録。